長編小説

ご近所ゆうわく妻

草凪 優

竹書房文庫

目次

※この作品は竹書房文庫のために
書き下ろされたものです。

第一章　憧れ奥さまの裏側

1

山岸秋彦《やまぎしあきひこ》には毎朝の日課がある。モーニング・ルーティーンくらい誰にだってあるだろうが、秋彦の場合、ちょっと変わっている。

やかましい目覚まし時計のベルをとめると、寝ぼけまなこをこすりながらムクリと起きあがり、カーテンを少しだけ指で開ける。布団は窓際に敷いてある。カーテンを開けるのはほんの少し、二センチ程度。そこからこっそり、外の様子をうかがう。

まるで容疑者を張りこんでいる刑事のようだが、秋彦は警察関係者ではないし、視線の先にいるのも悪党とは真逆の存在……。

美しい人妻だ。

秋彦が住んでいるのはアパートの一階で、窓から隣家がよく見える。南欧風の外観をもつ瀟洒《しょうしゃ》な二階建ての一軒家だ。アパートと隣家の間には背の低い網のフェンスしかなく、芝生が緑に輝いている庭が見え、その向こうは大きなガラス扉のリビング。カーテンを全開にしてしまうと眼が合ってしまいそうな距離なので、張りこみ中の刑事よろしく、こっそりのぞかなくてはならない。まあ、刑事というより、のぞき魔なのだが……。

とはいえ、犯罪性は一ミリもない。「借景」という言葉があるくらいだから、この程度ののぞき見は許されるだろう。風呂場や手洗いをのぞいているわけではなく、ハッピーオーラを振りまいてる朝食風景をチラ見して、幸せのお裾《すそ》分けをしてもらっているだけなのだから……。

表札によれば、彼女の名前は富田佐奈江《とみたさなえ》というらしい。年は三十代半ばだろうか。今年三十歳になった秋彦より、五、六歳上という感じである。

美人だった。

ひと口に美人と言っても、様々なタイプがいる。キリッとした顔立ちのモデル系、澄ました感じの清楚系、才色兼備な女子アナ系……佐奈江はふわっとした美人だった。可愛い寄りの美人である。眼鼻立ちは整っていても、アヒル口のせいでそう見える。三十代半ばにしては、透明感もすごい。

いわゆる虫も殺せそうにないタイプというやつで、顔だけ見ていると、いやらしい匂いなんて一ミリも感じない。にもかかわらず、首から下はボリューム満点、メリハリのあるスタイルをしている。いかにも女盛りという雰囲気であり、そのギャップがたまらなくそそる。

毎日家事に勤《いそ》しんでいるから、おそらく専業主婦だろう。それでも身繕《みづくろ》いはきちんとしていて、朝食をつくっているときから、栗色に染めた長い髪をハーフアップにまとめてメイクもばっちり。毎日違う服を着ているので、とてもおしゃれな人に違いない。エプロンひとつとっても、装《よそお》いに合わせて変えている。

もっとも、カウンターキッチンを擁するドラマのセットみたいなスタイリッシュなリビングだから、毛玉のついたジャージ姿でいるわけにもいかないだろう。朝食のメニューもやたらと豪華で、色とりどりのサラダだの、スムージーだの、フレンチトーストだの、旅番組で見る外国のホテルのようである。建坪がせいぜい三十坪くらいの家なので、極端な富裕層というわけではないだろうが、余裕のありそうな暮らしぶりが憧れに拍車をかけた。

（素敵な奥さんだなあ……）

カーテンの隙間から給仕する様子をうかがっているだけで、秋彦の心は癒《いや》された。

三カ月前にこの部屋に引っ越してきたときから、彼女は隣に住んでいた。新婚かどうかはわからない。三十代半ばだから、結婚してすでに数年経っているのかもしれないけれど、新妻っぽいというか、たまらなく初々《ういうい》しい。年上の女に対して、そんな気持ちを抱いたのは初めてかもしれない。

（三十五、六でこの初々しさは反則だよ、まったく……）

ひとしきり眼福《がんぷく》を味わうと、秋彦は布団から抜けだしてぶら下がり健康器にぶら下がった。それもまた、モーニング・ルーティーンの一環だ。ミニマムライフを実践しようと、引っ越してくるとき家財のほとんどは処分してしまったのだが、このぶら下がり健康器だけは持ってきた。運動不足になりがちな体に毎朝活を入れている。

金属製のバーをつかんでぶら下がり、そっと眼を閉じれば、瞼《まぶた》の裏には自然と佐奈江の姿が浮かんできた。

毎朝、彼女の姿に心を癒されているのは事実だが、と同時に、「自分は間違っていた」という痛恨の思いに胸を揺さぶられる。

本当なら、秋彦もいまごろ新婚生活を送っていたはずだった。ここは所帯をもつために借りた部屋だから、ひとり暮らしにはちょっと広い２ＤＫ。新宿のホテルに結婚式の予約までしていたのに、直前で予定がぶっ飛んだ。

妻になるはずの女の浮気が発覚したからだった。

亜希《あき》という名のイカれた女だった。偶然、ラブホテルから男と出てくるところを目撃した。それだけでも噴飯ものだが、怒りにまかせてスマホを見せるよう迫ると、余罪がボロボロ出てきた。結婚を間近に控えた身でありながら、出会い系サイトで男漁《あさ》りがやめられなかったのである。

秋彦も彼女と出会い系サイトで知りあったので、出会い系サイトそのものを悪く言うつもりはない。あれは便利な代物だが、結婚が決まっているのに利用しつづけるのは、さすがにどうなのか？

「まだ結婚してないんだからいいじゃない。わたしにだって、最後の独身生活を謳歌《おうか》する権利はあると思うけど」

亜希は悪びれもせずに言った。「アキとアキヒコだから、わたしたち運命の赤い糸で結ばれてるんじゃない？」と言っていたのと同じ口で……。

「それに、結婚してからだって、油断したら浮気されるかもしれないと思っていたほうが、スリルがあっていいじゃない。秋彦って、もしかしてモテない女のほうが好きなわけ？」

怒りを通り越して呆れ果てた。秋彦は秋彦なりに、亜希との結婚生活を真面目に考えていたからだ。

とはいえ、いつかそんな日が訪れるのではないかと、薄々考えていたのも事実だった。さすがに結婚前から浮気されるとは思っていなかったが、大きな猫目が特徴である亜希は、アイドルと見まがうほど可愛らしく――と言ったらいいささか言いすぎかもしれないから、地下アイドルにならなれそうなヴィジュアルの持ち主で、当然男にモテるうえ、わがままで自由奔放で自分勝手。

とても褒められた性格ではないのだが、秋彦はそういう女が好きなのだ。性悪《しょうわる》の匂いに弱いというか、気がつけば恋に落ちている。

深く考えると怖くなるけれど、心のいちばん深いところに、「女に振りまわされたい願望」があるのかもしれない。亜希の前に付き合っていた女たちも、だいたいその手のタイプだった。振りまわされるだけ振りまわされて、最後には浮気をされて捨てられる。そんなことは望んでいないのに、クライマックスはいつも同じ。

結局、亜希とは破談になった。

涙ながらに許しを乞《こ》うてくるならともかく、開き直った態度に心の底から愛想が尽きた。あんまり頭にきたので、結婚式のキャンセル料は向こうの親に請求してやった。ただ、新居の予定で契約していたこのアパートには、秋彦がひとりで住むことにした。

引っ越しをして、心機一転を図りたかったからである。

ところが、この部屋に住みはじめて一カ月くらいは、傷ついた心に塩を塗り込まれるような毎日だった。

秋彦が以前住んでいたのは東京の東側にある下町で、住人は年寄りが多かった。一方、新居は東京の西側、都心まで三十分ほどかかる緑が多い新興住宅地にあり、住んでいる人間の種類がガラッと変わった。若い夫婦ばかりがやたらと眼につき、小さな子供連れも少なくない。

道ですれ違うたびに気持ちがへこんだ。若い夫婦はみな幸せそうで、笑顔がまぶしく輝いていた。仲のよさを隠そうとせず、歩きながら見つめあったり、身を寄せあって腕を組んだり、要するにイチャイチャしていた。

幸せアピールがうざいんですけど！　と胸底《きょうてい》で悪態をつくこともできず、秋彦はただただ羨《うらや》ましかった。

世の中には、こんなにも気立てのよさそうな女がいっぱいいるのに、どうして亜希のような女と結婚しようとしていたのか、自己嫌悪で眠れない日々が続いた。

しかし……。

人間、底の底まで沈んでみれば、あとは浮きあがるしかないらしい。自分の女を選ぶ基準が間違っていたと認めた瞬間、急に気持ちが軽くなった。最初から、亜希のような女ではなく、もっと穏やかで、やさしくて、家庭を大事にしてくれそうな女を選べばよかったのである。

秋彦にとってその象徴が、富田佐奈江だった。

春の陽射しのような笑顔を浮かべ、フレンチトーストの甘い匂いが漂ってきそうなステキ主婦——彼女のような女と結婚したかった。もちろん、佐奈江本人にお近づきになりたいわけではない。彼女ほど完璧でなくてもいいから、同じタイプの女と巡り会い、恋人同士になってみたい。

人間、誰だって間違いを犯すが、同じ間違いを何度も続けるのは愚か者だ。今度こそ、選択ミスは許されない。

幸い、新居には部屋が余っている。次に恋人ができたら、即刻同棲をもちかけよう。同棲から結婚という黄金のコースで、かならずや幸せをつかみとってやる。

2

秋彦の仕事は、小さな人形劇団のスタッフだ。

首都圏の幼稚園、保育園、あるいは老人ホームのようなところに出向いていき、だいたい月に二十公演くらいをこなしている。

高校・大学と演劇部だったので、そもそもそういうことが好きなのだが、大学は出たものの就職が決まらず、短期のアルバイトのつもりで働きだした劇団に居ついてしまった。もう八年になる。子供たちやお年寄りを楽しませることにはやり甲斐を感じているものの、実入りがあまりよくないのが泣き所だった。

秋彦は物欲がないタイプだし、知恵を絞って節約するのも嫌いではない。我ながら貧乏暮らしに向いていると思っているが、つい最近、大学時代の友人たちとの飲み会で衝撃を受けた。誰も彼も、ゆうに秋彦の二倍以上は稼いでいた。

「おまえ、いつまでも人形劇なんかやってると、結婚できないぞ」

まわりにからかわれると、憮然とするしかなかった。俺が結婚できないのは低収入のせいではなく、女の趣味が悪かったからだと、もう少しで言い返すところだった。恥の上塗りになるので黙っていたが……。

そんなある日のこと。

秋彦は仕事を終え、午後四時過ぎに新居のある街に帰ってきた。人形劇の公演はたいてい午前中にあるので、帰りは比較的早い。

食事は基本的に自炊で、昼食の弁当も自分でつくっている。その日は食材を切らしていたので、スーパーに立ち寄っていかなければならなかった。スーパーで賢く買物をする方法としてよく言われるのが、閉店間近の遅い時間に行って、見切り品を買うことだが、これにはひとつ難点がある。

半額のシールが貼られた肉や刺身をゲットできるのはいいのだが、目玉である安売り品が品切れになってしまうことが多いのだ。とくに、もやし、豆腐、納豆、卵など、節約ライフに欠かせない食材を買い損ねると大変なので、秋彦は店が混みあう夕方前に買物をすませてしまうほうが、結果的には得だと思っている。

そういうこだわりがある秋彦でも、この街にあるスーパーは鬼門だった。土日に行けば幸せ満喫中の若い夫婦がイチャイチャしながら買物をしているし、今日のような平日の早い時間なら、その片割れの人妻たちが、愛する夫にどんな夕餉《ゆうげ》を用意しようか、思案を巡らせながら食材を選んでいる。

そんな中、安売り品を求めて売場をうろついているのは侘《わび》しいものがあり、本当はもっとゆっくり吟味《ぎんみ》して買物がしたいのに、さっさとレジに並ぶのが常だった。

その日もいつものように手早く会計を済ませ、エコバッグに食材を入れて店を出た。そろそろ混みはじめる時間であり、その前に買物を終えたことに満足して家路に就こうとしていたのだが、自転車置き場で足がとまった。

秋彦は自転車をもっていない。本来なら用がないはずのその場所で立ちどまってしまったのは、佐奈江がそこにいたからだ。

カゴつきの自転車の前にしゃがみこみ、いまにも泣きだしそうな顔をしていた。どうやら、チェーンがはずれてしまったらしい。

ドクンッ、ドクンッ、と秋彦の心臓は早鐘を打ちだした。

フレンチトーストの甘い匂いが漂ってきそうなステキ主婦は、はずれたチェーンの直し方など知らないのだろう。指が油で黒く汚れるのを恐れて、チェーンに触ることすらためらっている。

秋彦は、そういうことが得意だった。日常生活全般におけるＤＩＹに長《た》けていた。高校時代から演劇部だったけれど、役割はいつも裏方で、大道具・小道具の管理だったから、大工仕事から裁縫まで自然と身についた。自転車のチェーンを直すなんて朝飯前だ。

それでも、声をかけるかどうか悩んだ。隣人とはいえ、こちらは向こうを知っているが、向こうはこちらを知らない。下心をもって声をかけてきたスケベ野郎、みたいな眼で見られたら、明日から朝の日課のたびに落ちこみそうである。

佐奈江はいよいよ覚悟を決め、自力で直すことにしたようだった。大きく息を吸いこみ、黒い油にまみれたチェーンにおずおずと手を伸ばしていく。白魚《しらうお》のように綺麗な指先が、震えながらチェーンに近づいていく。

「あっ、あのうっ！」

声をあげて駆け寄っていったのは、佐奈江の指を汚したくなかったからに違いない。

「よかったら、僕が直しましょうか？」

「えっ……」

佐奈江は泣き笑いのような顔をこちらに向けてきた。その美しい瞳に、猜疑心は浮かんでいなかった。見知らぬ助っ人の登場に驚いているようだったが、助かったかも、という心の声が聞こえてきそうだった。

「僕こういうの得意なんですよ。まかせてください」

なるべくさわやかに言い放ち、佐奈江に場所を譲ってもらった。ギアのついていない自転車だったので、チェーンを元に戻すのに三十秒もかからなかった。

「ごっ、ごめんなさい。手が真っ黒……」

佐奈江は申し訳なさそうに花柄のハンカチを差しだしてくれたが、

「いやー、大丈夫ですよ」

秋彦は汚れた手を自分のズボンで拭《ぬぐ》った。人形劇のセットを設営するときに地べたを這いずりまわっているブルージーンズだから、少々の汚れは気にならない。油汚れは洗っても落ちないかもしれないが、それならそれで思い出にすればいい。

「じゃあ、僕はこれで」

下心があると思われたくなかったので、すぐにその場から立ち去った。

思いきって声をかけてよかったと思った。ささいなことであれ、人の役に立つのは気分がいい。ましてや、相手が憧れの人妻ともなれば、気分のよさも倍増である。

数日後の土曜日――。

秋彦の所属する人形劇団は、基本的に土日が休みだった。休日は目覚まし時計をセットしないで、午前十時過ぎまでゆっくり寝ている。

「いい天気みたいだな……」

カーテンの隙間から差しこんでくる陽射しの強さに、秋彦は眼を覚ました。いちおう隣家をのぞいてみたが、すでに朝食は終えたようで、リビングに夫婦の姿はなかった。遅く起きる週末はたいていそうなので、べつに落胆はしない。

布団から抜けだすと、ぶら下がり健康器にぶら下がって百まで数え、顔を洗ってからコーヒーとパンで朝食をすませた。

秋彦は、週末のうち一日を家事に割り当てることにしている。一週間ぶんの掃除、洗濯、そして、今日のように天気がいい日は布団を干す。

だがそのためには、寝室の窓を開けてベランダに出なければならなかった。正面は佐奈江が住んでいる隣家の庭だ。

（大丈夫だろ、さっきもいなかったし。きっと夫婦揃ってお出かけだよ……）

いささか緊張したが、このところ週末のたびに天気が悪く、布団が湿っぽくてしかたがなかった。覚悟を決めて寝室の窓を開け放った。

顔を合わせない確率のほうが高いと思っていたのに、ベランダに干した布団を叩いていると、計ったようなタイミングで佐奈江が庭に出てきた。如雨露《じょうろ》を片手に、庭のコスモスに水をやりはじめる。

栗色に染めたハーフアップの長い髪、ピンクのカーディガンにベージュのロングスカート——秋晴れの陽射しの下で見るその姿は、いつになくまぶしかった。こちらに軽く会釈してきたが、どうやら数日前に自転車のチェーンを直した男だとは気づかれていないようだった。

秋彦の心中は複雑だった。安堵もしたが、がっかりもした。感謝の言葉を期待していたわけではない。べつに忘れられてもかまわないけれど、彼女はささいな親切を決して忘れない、心やさしい女だと思っていた。

胸底で深い溜息をつきながら、部屋に戻ろうとしたときだった。佐奈江がハッと顔をあげてこちらに近づいてきた。

「もしかして、この前自転車を直していただいた方ですか？」

真ん丸に見開かれた眼がチャーミングで、秋彦は見とれてしまいそうになったが、

「えっ、ええ……」

なんとか平静を保ってうなずいた。

「お隣の方だったんですね？」

「ぐっ、偶然ですね……」

「この前は本当に助かりました」

佐奈江は腰を折って深く頭をさげた。お辞儀が綺麗だった。

「わたし自転車のことなんて全然わからないし、もう困っちゃって……」

「僕、ああいうの得意なんです」

「でも、手を汚したまま帰しちゃって……お礼をしようにもどこの誰かもわからなくて……」

「いやいや、全然気にしないください」

「そういうわけにはいきませんよ」

佐奈江は少しだけ困ったような顔をしてから、柔和な笑みを浮かべた。

「ご家族でお住まいなんですか？」

彼女の質問は、決して的外れなものではなかった。そのアパートの住人は若い夫婦が大半で、そこに小さな子供を加えた家族も多い。家族がいれば、家族に喜ばれるようなお礼の品を考えていたのかもしれない。

「いえ、僕はひとり暮らしで……まだ独身なもので……」

秋彦は苦笑まじりに頭をかいた。

「そうなんですか……だったら、夕食にご招待させていただけません？」

「えっ……」

一瞬、言葉を返せなかった。自転車のチェーンを直したくらいで、夕食に招待してくれるなんて、なんてやさしい人なのだろう。あるいは、ろくなものを食べてなさそうだと憐れんでくれたのかもしれないが、いずれにしろ秋彦に断る理由はひとつもなかった。

3

問題は佐奈江の夫の存在だった。

憧れの人妻の手料理を食べられるのはいいとして、そこには間違いなく夫も同席するはずである。

毎朝、朝食の風景をのぞき見しているので、どういう人なのかは知っていた。佐奈江と釣りあいのとれたイケメンで、背も高ければ筋骨隆々のスポーツマンタイプ。年は佐奈江と同じくらい。郊外とはいえ、三十代半ばにして都内にマイホームをもってるのだから、仕事のできる男なのだろう。エリートサラリーマンなのか青年実業家なのか、いかにも自信に満ちた雰囲気を漂わせ、笑うと白い歯がキラリと輝く。

（やっぱり断るべきだったかなあ……）

佐奈江に誘われたのが嬉しくて快諾してしまったけれど、夕食の席に訳のわからない男がまぎれこんでいたら、夫がいい顔をするはずがない。

佐奈江は言うだろう、「この前、自転車のチェーンがはずれたとき助けてもらったの」と。夫だって大人だから、「それはありがとうございます。妻がご迷惑をおかけしました」と頭をさげてくれるに違いないが、腹の中では「だからって他人の家の夕食にのこのこやってくるなよ、図々しい」と思うのではないか……。

（俺だったら思う……絶対に思うぞ……）

夕方が近づいてくるにしたがって、緊張感は増していった。佐奈江に指定された時間は午後五時だったが、三時には家を出て隣街にある巨大リカーショップに行き、自分用にだったら絶対に買わない三千円もする赤ワインを贈答用に包んでもらった。手土産《てみやげ》を持っていけば、少しは歓迎されるかもしれないと思ったからである。

「いらっしゃいませ、秋彦くん」

約束の時間きっかりに呼び鈴を押すと、佐奈江が笑顔で迎えてくれた。いきなりファーストネームを呼ばれ、ドキッとする。おまけに、昼間とは装いが違った。華《はな》やかな花柄のワンピースに、フリルのついた白いエプロン……。

「どっ、どうもすいません……馬鹿正直にお邪魔して……」

佐奈江の可愛らしいエプロン姿に気圧《けお》されながら、秋彦は玄関でスニーカーを脱いだ。鼓動が乱れてしかたがなかった。他人の家の匂いがした。人にお呼ばれすることが、これほどスリリングなものだとは思っていなかった。まだ夫に会う前なのに、息をするのも苦しいくらいだ。

リビングに通された。毎朝のぞいているので、カウンターキッチンのあるスタイリッシュな空間には驚かなかったが、夫の姿がなかった。

「あっ、あのう……ご主人は？」

手洗いか？　それとも風呂にでも入っているのか？

「うちの夫、週末はいつも出張なの」

佐奈江が歌うように答える。

「だから気兼ねなくくつろいでくださいね。一緒に食事を楽しみましょう」

そう言われても、くつろぐことなんてできそうもなかった。夫が不在なのに夕食に誘ってくるなんて、なんて大胆な人なのだ……。

しかも、テーブルにはこれでもかと豪華な料理が並んでいる。ひと目でわかったのはローストビーフくらいなもので、あとはイタリアンだかフレンチだか、食べたこともないようなものばかり……。

おまけに、アイスペールではシャンパンのボトルが冷やされていた。先ほどリカーショップで見かけたので、秋彦は値段を知っていた。たしか七千五百円だった。三千円のワインを出すのが恥ずかしくなったが、出さないわけにもいかず、

「やだ、そんな気を遣ってくれなくてよかったのに……でも、料理に合いそう」

悪戯《いたずら》っぽく笑いかけられ、秋彦も笑い返した。おそらく、双頬が思いきりひきつっていたことだろう。

そこから先はめくるめく世界だった。なにしろ、いつも朝食の様子をのぞき見ては、心癒されていた憧れの空間に自分がいるのだ。言ってみれば、映画のスクリーンにまぎれこんでしまったみたいで、秋彦はすっかり舞いあがった。名前も知らない料理ばかりだったが、どれもおいしかった。アルコールと言えば普段は発泡酒と酎ハイなのに、勧められるままにシャンパンをごくごく飲んだ。

「週末はいつも出張って、ご主人はなんの仕事をなさっているんです?」

酔いにまかせて訊ねてみると、

「着物の展示販売、ってわかるかしら?」

佐奈江も酔いで赤くなった顔で答えた。

「地方のホテルの宴会場とかで、着物をずらーっと並べて売るの。地元のお金もちの奥さんとかをいっぱい集めて」

「はあ……」

秋彦にはよくわからない世界だった。

「とにかく接待が多い仕事で、平日もほとんど午前様だしね。結婚してまだ三年なのに、一緒にいられるのなんて朝食のときくらいなんだから……」

佐奈江が少し拗《す》ねた表情を見せたので、なるほど、と秋彦は胸底でつぶやいた。だから毎朝、あんなにはりきって給仕をしているのだ。唯一夫とふたりきりで過ごせる時間を大切にしようと……。

「それは、けっこう淋しいですね」

言ってから、しまった、と思った。毎週末、家でひとりでお留守番というのは淋しいに違いないが、他人が口を出すべき問題ではない。

佐奈は言葉を返さず、黙ってシャンパンを飲んでいた。ボトルが空になった。秋彦が手土産に持ってきた赤ワインの栓が抜かれ、熟れた葡萄《ぶどう》の芳醇な香りがテーブルの上に漂った。佐奈江はひと口飲んでから、

「まぶしくない？」

と声をかけてきた。おでこのところに、手のひらで庇《ひさし》をつくっている。

「お酒飲むのに、あんまり明るいと眼が疲れちゃうのよね……」

ひとり言のように言うと、立ちあがって照明を常夜灯レベルにまで絞った。いくらなんでも暗すぎると秋彦は思ったが、佐奈江はキッチンの棚からカラフルなグラスキャンドルを五つほど取りだし、火をつけた。料理の並んだテーブルではなく、ソファセットの前にあるローテーブルの上で……。

「こっちで飲みましょうよ」

誘われるままに、秋彦はワイングラスを持ってソファに移動した。いままではテーブルを挟んで相対していたのだが、佐奈江は並んで腰をおろした。腰をおろす前に、

エプロンをはずした。

ごくり、と秋彦は生唾《なまつば》を呑みこんだ。花柄のワンピースに包まれた体から、女の匂いがした。佐奈江の横顔が急に色っぽくなったようには見えたのは、酔いで眼が潤んでいるせいだろうか。それとも、オレンジ色のキャンドルライトのせいか。

「すごいなあ。まるでお店みたいだ……」

秋彦は眼を泳がせながら言った。照明をキャンドルに替えただけだが、元がスタイリッシュなリビングなので、洒落《しゃれ》たバーのような雰囲気になった。映画やドラマの中でなら、恋の駆け引きが始まるステージだ。

「ひとりじゃしないわよ、こんなこと……」

佐奈江は苦笑まじりに首を振った。

「この家に引っ越してきたときから、キャンドルを用意してたのに……そう言えば一度もしてない……」

潤んだ瞳が遠くを見つめる。

「僕なんか憧れですよ！　こういう結婚生活！」

秋彦はわざとらしいほど明るい声で言った。

「まあ、お金がないから家を買うのは無理でしょうけど……結婚したら、こんなふうに奥さんとキャンドルを灯して飲んでみたいなあ……」

「相手はいるの？」

佐奈江が興味深そうに顔をのぞきこんでくる。

「いやあ、それが……」

秋彦は結婚が直前で破談になった顛末《てんまつ》を、面白おかしく話した。佐奈江は夫に対して、不満を溜めこんでいるような雰囲気があった。愚痴っぽい話は聞きたくないし、彼女だって口にしたくないだろう。そうであるなら、ここは自分がピエロになり、自虐で笑いをとったほうがいい。

しかし……。

「わたし、気持ちがわかるかもしれない、その亜希さんって人の……」

破談話を聞いた佐奈江は、ニコリともせずに言った。

「えっ？　どういうことです？　僕、浮気されたんですよ。ひどくないですか？」

「浮気はひどいけど……」

佐奈江がグラスにワインを注いでくれる。秋彦は身構えた。いつの間にかふたりの距離が縮まり、肩と肩がくっつきそうになっていたからだ。

「妻が浮気をするかもしれないっていう緊張感は、結婚して何年経っても夫にもっていてほしいものよね。釣った魚に餌をやらないじゃなくて、結婚しても恋人時代みたいにチヤホヤしてほしいのが、女心っていうものよ」

「いや、まあ……そうかもしれませんけど……」

秋彦はしどろもどろになった。ついに肩と肩がくっついたからだった。太腿《ふともも》と太腿も接している。しなだれかかられるまでもう一歩……いったい、佐奈江はなにを考えているのだろう？

「もちろん、浮気された秋彦くんも可哀相《かわいそう》よ」

佐奈江が眉根を寄せて見つめてくる。濡れた瞳、酔いに赤く染まった頬、オレンジ色に揺れるキャンドルライト……やけにセクシーで眼が離せない。朝の給仕をしている彼女には、そんなことを感じないのに……。

「慰《なぐさ》めて……あげましょうか？」

秋彦は言葉を返せなかった。息がとまり、まばたきもできない。どう見ても、冗談を言っている雰囲気ではない。

「なっ、慰める、とは？」

秋彦は限界まで顔をひきつらせて言った。

「やだ……」

佐奈江はふっと笑い、

「そういうこと、女の口から言わせないで」

ワイングラスをローテーブルに置いた。秋彦のグラスも同じようにされ、手を握られた。指先をまじまじと見つめてくる。

「この前は、わたしのせいであなたの手を汚しちゃったし……いいのよ。淋しいなら慰めてあげても……」

指をさすりながら、眼をのぞきこまれた。視線と視線がぶつかりあい、秋彦は顔をひきつらせたまま、金縛りに遭《あ》ったように動けなくなった。

4

どう見ても、慰められるのを欲しているのは、佐奈江のほうだろうと思った。

こんな素敵な家に住んでいるのに、週末かならずひとりでは、淋しくないはずがない。一戸建ての広々としたスペースが逆に、孤独の輪郭をくっきりさせる。

しかし、それを口にするのは反則だろう。言った瞬間、佐奈江を欲求不満の人妻に貶《おとし》めてしまうからだ。

となると、秋彦に与えられた選択肢はふたつ。黙って彼女の誘いに乗るか、それとも断って家に帰るか……。

佐奈江は美しい女だった。身を寄せあって手を握られているだけで、ドクンッ、ドクンッ、と心臓が高鳴ってしかたがない。

だが、彼女は人妻。しかも、隣の家の……。

間違いを犯していい相手ではなく、一時の欲望や衝動で行動すれば、取り返しのつかないことになるかもしれなかった。夫にバレれば慰謝料を請求されるだろうし、そうでなくても、佐奈江と気まずくなる可能性だって大いにある。人妻とのワンナイトスタンドは後腐れがなくていいという話をよく聞くが、隣の人妻となれば話は別だ。

「怖がらなくても大丈夫よ……」

佐奈江が握っていた手をさすってくる。

「誘っているのはわたしだもん……秋彦くんはなんにも考えなくていいの……慰めてあげる……」

哀切が滲《にじ》んだ声から、人肌恋しさばかりがひしひしと伝わってきた。彼女が本当に言いたい台詞《せりふ》はきっと、「わたしだって慰めてほしいの」……。

それでも動けずにいると、佐奈江の手指は太腿に移動し、すりすりと撫でてきた。最初こそ親愛の情を示すような撫で方だったが、すぐに指の動きが尺取虫が這うようなエロティックなものになり、股間に近づいてきた。秋彦が穿いているのは作業用のブルージーンズではなく、ワードローブの中でいちばん新品に近いベージュのコットンパンツだった。汚れてはいないが、生地は厚くない。むしろ薄い。

「うっ……」

股間に触れられると、一秒で勃起した。佐奈江にも伝わっているはずだと思うと、顔が燃えるように熱くなっていく。

物欲しげに硬くなっているイチモツのことは責められなかった。なにしろかれこれ三カ月以上、セックスをしていないのだ。自分以外の人間に股間を触られられること自体が久しぶりだし、相手は甘い匂いのする憧れの人妻……酔いに眼を潤ませ、グラマラスなボディを花柄のワンピースで包んでいる……。

すりっ、すりっ、とズボン越しに撫でられるほどにイチモツは硬さを増し、ズキズキと熱い脈動まで刻みはじめた。ブチブチブチッ、と思考回路がショートしていくのがはっきりわかり、頭の中に白い靄《もや》がかかっていった。なにも考えられなくなっていく一方、体中の血液が煮えたぎっていき、息がはずみはじめる。

「おっ、奥さんっ！」

秋彦は声をあげ、佐奈江を抱きしめた。柔らかかった。いままで抱きしめた女の中で、誰よりも……。

「いっ、いいんですか？　本当にいいんですか？」

佐奈江は上目遣《うわめづか》いでこちらを見ながら、恥ずかしそうにうなずいた。恥ずかしそうでありながら、ほのかに満足げでもあった。

「いいのよ……好きにして……」

佐奈江はこちらにすっかりしなだれかかっており、顎をあげて唇を差しだしてきた。チャームポイントの可愛いアヒル口が、いまばかりはたまらなくセクシーに見えた。唇が果実のように赤く色づいて、身震いを誘うほど艶《つや》やかだ。

キスをした。ついにやってしまったと後悔する隙もなく、佐奈江は唇を開いた。ワインの芳醇な香りとともに、ヌルリと舌が差しだされてくる。

秋彦も口を開き、舌をからめあった。驚くほど甘い味わいに、うっとりした眼つきになってしまう。見つめあえば、キスの味はどこまでも甘くなっていく。まるで蜂蜜のように粘る唾液が、お互いの口を行き来して糸を引く。

カチャカチャという金属音がした。佐奈江が秋彦のベルトをはずしはじめたのだ。引き返すチャンスがあるとすれば、ここが最終地点だった。しかし、秋彦の理性はすでに興奮の熱気にドロリと溶けて、正気に戻る術《すべ》は失われていた。

ズボンのボタンがはずされ、ジッパーがおろされていく。ペニスは限界を超えて硬くなり、ブリーフの前を大きく盛りあげている。苦しくてしかたがない……。

佐奈江の細い指先が、盛りあがったブリーフを撫でた。ごく軽いタッチなのに、眼もくらむほどいやらしい触り方だ。ブリーフの色はグレイだったが、盛りあがった先端にじわっと先走り液のシミがひろがっていく。

一刻も早く脱がしてほしい——こういうシチュエーションで、男が願うことはそれだけだろう。

しかし佐奈江は、焦《じ》らすようにブリーフ越しの愛撫をつづけ、亀頭から竿《さお》、興奮に迫《せ》りあがった睾丸まで満遍《まんべん》なく撫でまわしてきた。時には爪を立て、くすぐるような刺激までしてくる。

秋彦はソファに座りながらのけぞった。快感が呼吸をとめているので、息苦しさは加速していくばかりだった。いっそ自分でブリーフを脱いでやろうとかと思った瞬間、佐奈江が体を離して立ちあがった。

「おっ、奥さんっ……」

声を震わせている秋彦を、佐奈江は見下ろした。その眼つきは、すっかり欲情しきっていた。瞳がねっとりと潤みきって、双頬は生々しいピンク色に染まっている。アルコール由来ではない、エロティックな色に燃えている。

とはいえ、若い女のように、ただ欲情しているわけではなさそうだった。これから浮気をしようという人妻の気持ちは複雑である。欲情の中に罪悪感の影がうっすらと透けて見えた。羞恥心の影はさらに濃い。彼女はこれから、もう若くない裸身をさらけださなければならない。それを恥ずかしがっている。

それだけ美人なのだから恥ずかしがることなんてないじゃないか――男はそう考えるが、女は違う。自分が若かったころのピチピチボディを覚えている。あのころに比べたら、と羞恥心を揺さぶられてもしかたがない。

佐奈江が背中を向けた。花柄のワンピースのホックをはずし、ファスナーをさげていく。ワンピースを脱ぐのは、果物の皮を剝《む》くより簡単だ。次の瞬間、ワンピースがすとんと落ち、ワインレッドの横線が視界に飛びこんできた。

脂《あぶら》ののった白い背中に、ブラジャーのベルトが食いこんでいた。それはそれでエロティックだったが、彼女の後ろ姿でもっとも眼を引いたのはウエストだった。まるで蜜蜂のように、くっきりと鋭くくびれている。

そのウエストから爪先にかけて、ナチュラルカラーのナイロンがぴったりと覆っていた。パンストに透けたワインレッドのパンティは、背中同様、脂ののった豊満な尻丘をすっぽりと包みこみ、バックレースも艶やかである。

（わっ、わざとなのか？　そうなのか……）

ワンピースを脱いだにもかかわらず、パンティストッキングを脱ごうとしないところに、熟女の老獪《ろうかい》さを感じた。パンストは女にとっては隠しておきたい舞台裏、しかし、男にとっては本能を揺さぶる淫らな小道具……。

佐奈江はたしかに、もう若くなかった。しかし、若さを失ったかわりに、渋谷あたりでミニスカートを翻《ひるがえ》している女子高生にはあり得ない、匂いたつような色香がある。色香の源泉はメリハリのある熟れたボディではなく、欲望だ。恥ずかしがって背中を向けていても、体の疼《うず》きを隠しきれない。脂ののった背中や尻から、夫に放置されている人妻のせつない欲望がひしひしと伝わってくる。人妻である以上、自分から男にむしゃぶりつくことはできないのだろう。あえてパンストを着けたままの格好で男心を挑発し、むしゃぶりつかせようとしている。

「おっ、奥さんっ！」

秋彦は立ちあがって佐奈江を後ろから抱きしめた。彼女を孤独にするわけにはいかなかった。勇気を出して下着姿まで披露してくれた人妻にむしゃぶりつかないなんて、そんな非礼は許されない。

「きっ、綺麗ですよっ……セクシーですよっ……」

うわごとのように言いながら、両手を佐奈江の胸に伸ばしていく。腋《わき》の下を経由し、ふたつのふくらみを左右の手のひらで包みこむ。

女の体は、どうしてこんなにもいい匂いがするのだろう？　秋彦の鼻は、栗色に染めたハーフアップの長い髪に接していた。髪の匂いだけではなく、全身から漂ってくる甘い匂いに、いまにも我を失いそうだ。

ブラジャーのカップを飾っているレースのざらついた感触が、卑猥だった。指を動かせば、カップに包まれている肉の隆起を感じられた。かなりの巨乳だった。ゆうにFカップはありそうだ。

いますぐブラジャーを毟《むし》りとって、生乳に指を食いこませたかった。たわわな肉房を揉みくちゃにし、乳首がピンピンになるまでつまんでやりたいが、この場面で焦るのは愚の骨頂。余裕を失った男の愛撫なんて、女をしらけさせるだけだ。まずはじっくりと、ブラジャー越しの愛撫を堪能することにする。

「あああっ……」

佐奈江が振り返って口づけをねだってきた。秋彦は応えた。舌を差しだし、ねちっこくからめあいつつも、キスには集中できなかった。秋彦は両手でブラジャーをまさぐっていたし、佐奈江がその刺激に身をよじっているからだった。

ふたりの体は密着していた。佐奈江が身をよじり、巨尻を振りたてれば、秋彦の股間に刺激が訪れる。ズボンをおろされ、ブリーフだけに包まれている勃起しきった肉棒に、むちむちに熟れた尻肉が押しつけられる。

（いっ、いやらしいなっ……）

佐奈江はわかっていてやっている。尻でペニスを刺激して、こちらの欲望の炎に油を注ぎこもうとしている。

普段の彼女は——少なくても顔だけを見れば、いやらしい匂いを一ミリも感じさせない可愛らしさと透明感がある。結婚しているのだから夫婦生活を営んでいるに違いなくても、そういうところが想像できない、初々しい熟女だった。

しかし、いまは違う。舌をからめあいながらこちらを見る眼はいやらしいほど潤みきり、眉根を寄せて欲情を伝えてきた。「わたしのパンティの中、もうぐしょぐしょよ」という心の声が聞こえてきそうだ。

ならば、確かめないわけにはいかなかった。熟れた股間にぴっちりと食いこんでいるワインレッドのパンティ――その中に指を入れ、ふっさりと茂っているであろう陰毛を掻《か》き分けて、どれだけ濡れているのか確認しなくては……。

だが、Ｆカップの巨乳と戯《たわむ》れていた右手を股間に這わせていこうとすると、先に佐奈江が動いた。隆起したペニスに巨尻を押しつけてくるだけでは飽き足らず、後ろに手をまわしてぎゅっと握りしめてきたのである。

「むっ……ぐっ！」

かなり強い力だったので、秋彦の息はとまった。当然、濡れた股間を目指して這っていた右手の動きもとまり、その隙に佐奈江は体を反転させた。正面から向きあう体勢になったかと思うと、次の瞬間には足元にしゃがみこんでいた。秋彦はなんの反応もできないまま、ブリーフをめくりおろされた。興奮しきったペニスが唸りをあげて反り返り、臍《へそ》を叩きそうな勢いで屹立《きつりつ》した。

「……立派ね」

佐奈江はうっとりした眼つきで秋彦の顔とペニスを交互に見つめると、パンパンに膨張した肉竿に指をからめてきた。ブリーフ越しに握ってきたときとは打って変わり、ごく弱い力でそっと指を添えて、すりっ、すりっ、としごいてくる。

「むむっ……」

秋彦は、もう少しで声をあげてしまうところだった。人妻の面目躍如と言うべきか、愛撫の仕方がやけにいやらしい。すりっ、すりっ、としごいては、裏筋をコチョコチョくすぐってくる。声をあげるかわりに、先走り液が大量に噴きこぼれ、包皮に流れこんでニチャニチャと卑猥な音をたてた。こみあげてくる快感に呼吸ができなくなり、顔が燃えるように熱くなっていく。

（たっ、たまらん……たまらないよ……）

直立不動で赤面し、両脚をガクガクと震わせている秋彦は、かなり滑稽《こっけい》な姿になっているはずだった。しかし、そんな年下の男の姿を見ても、佐奈江は笑わなかった。ますますせつなげに眉根を寄せ、潤んだ瞳でこちらを見上げながら、アヒル口を淫らなOの字にひろげた。その表情だけで、オナニーが十回くらいできそうだった。

「うんあっ……」

亀頭が咥《くわ》えこまれた。先端からカリのくびれまで、生温かい口内粘膜がぴっちりと密着してくる。佐奈江は口が大きいほうだった。なのに密着感がすごいのは、双頬をべっこりとへこませているからだ。

いったいどこまでいやらしい表情になれば気がすむのか、啞然としている秋彦を上目遣いで見上げながら、佐奈江は唇をスライドさせはじめた。指でしごくよりさらにスローなピッチで、つるつるした唇の裏側をすべらせる。ぷっくりと血管が浮かんでいる肉竿に、唾液のヌメリが付着して淫らな光沢を放ちはじめる。

「おっ、奥さんっ！　奥さんーっ！」

秋彦はあまりの興奮に取り乱してしまった。両手を佐奈江に伸ばすと、佐奈江も両手を伸ばしてきた。指を交錯させた恋人繫《つな》ぎでロックされ、両手の自由を奪われた。佐奈江はノーハンドで唇をスライドさせている。ペニスをしゃぶりあげる動きが次第に速く、深くなっていく。

「おおおおっ……」

根元まで咥えこまれると、秋彦はたまらず野太い声をもらした。立っていられないほどのめくるめく快感に、体中がぶるぶる震えだしたが、佐奈江はおかまいなしに熱っぽくしゃぶりまわしてくる。驚くほど強い力で吸引しては、口内で舌を動かして亀頭をねろねろと舐《な》めまわす。

「でっ、出ちゃいますっ！　そんなにしたら出ちゃいますううううーっ！」

恥も外聞も打ち捨てた魂《たましい》の叫びは、欲情した人妻になんとか届いてくれた。

佐奈江はペニスを口唇から抜くと、ハアハアと肩で息をしている秋彦を、舌なめずりしながら見上げた。視線が合った。こういう場合、女はたいてい照れ笑いを浮かべて場を和《なご》ませようとするものだが、佐奈江はニコリともしなかった。笑えないほど欲情している、ということらしい。

5

秋彦はなかなか整わない呼吸に往生しながら、その場にへたりこんだ。先立ってしゃがんでいた佐奈江と顔の位置が同じになったので、濃厚フェラのお礼にキスをしようとしたが、できなかった。

秋彦と入れ替わるように、佐奈江が立ちあがってしまったからだ。

秋彦の頭の中は、クエスチョンマークで埋め尽くされた。佐奈江がなにがしたいのかわからなかった。仁王立ちフェラのお礼は仁王立ちクンニで、と思っているのかもしれなかったが、ふたりの両手はまだ恋人繋ぎで結ばれている。佐奈江はパンティとパンストを着けたままだから、両手が使えなくては、脱がすことができない。

しかし、そんなことに気をとられていたのは、ほんの束の間のことだった。

佐奈江が立ちあがったということは、秋彦の顔は、彼女の股間の位置にある。ナチュラルカラーの極薄ナイロンに透けたワインレッドのパンティが、眼と鼻の先で股間にぴっちりと食いこんでいる。

間近で見ると、恥丘がやけにこんもりと盛りあがっていた。名器の予感に心震わせつつも、続いて訪れた衝撃に頭の中が真っ白になった。

むわっ、と熱気が漂ってきた。源泉はもちろん、佐奈江の股間――ただの熱気ではなく、じっとりと湿り気を帯びているうえ、発情の強い匂いがした。二枚の下着を着け、脚を閉じているにもかかわらず、こんなにも匂うなんて……。

「むうっ！」

気がつけば、佐奈江の股間に顔を押しつけていた。スマートとは言えない振る舞いだったが、衝動を抑えきれなかったし、佐奈江は恋人繋ぎにロックした両手を離そうとしない。むしろ力を込めてきているので、他にどうしようもなかったのだ。

くんくんと鼻を鳴らして匂いを嗅ぎまわすと、真っ白になっていた頭の中が、ピンク色に染まっていった。匂いそのものも麻薬的な魅惑に満ちていたが、ざらついたナイロンの感触を顔面で感じることにもたまらなく興奮した。鼻の頭でこんもりした恥丘を撫でまわせば、股間でいきり勃《た》っているイチモツが、釣りあげられたばかりの魚のようにビクビクと跳ねあがる。

(なっ、舐めたいっ……生身を舐めまわしたいっ……)

パンティとストッキングをずり下ろし、両脚をM字に割りひろげて、顎が痛くなるまで舌を躍らせたかった。下着越しに匂いを嗅いでいるだけでこれほど興奮するのだから、生身を舐めたら脳味噌が沸騰するのではないだろうか？

夫に放置され、欲求不満を溜めこんでいる人妻にとっても、それは望むところなはずだった。聞くところによれば、男は結婚した途端、妻のあそこを舐めるのを面倒くさがるようになるらしい。浮気相手の若い女の股間なら、三十分でも一時間でも舐めているくせに、妻にはクンニをしてやらない。フェラは求めても、自分は手マンで誤魔化して、濡れてきたら即挿入……。

秋彦はクンニがしたくてたまらなくなっていた。佐奈江もきっと悦《よろこ》んでくれるはずだった。なのに、彼女は相変わらず、両手を恋人繋ぎでロックしたままだ。このままでは次の展開に進めない。

「あっ、あのう……」

秋彦は困惑顔で佐奈江を見上げた。

「フェラをしてもらったお礼に、クンニをしたいんですけど……」

「……嬉しい」

キャンドルライトに照らされた佐奈江の頬が、ひときわ赤く輝いた。可愛らしさといやらしさが混じりあったその表情に、秋彦の心臓は暴れまわる。

「手、離してもらっていいですか？」

佐奈江は首をかしげた。

「手を繋いでままじゃ、下着も脱がせられませんよ」

「離したくない」

「えっ？」

「手を離さなくちゃ、脱がせられないの？　脱がせられるわよ。情熱さえあれば」

「いっ、いやあ……」

秋彦は弱りきった顔になった。

「わたしのこと、面倒くさい女だと思った？」

「思いませんけど……」

「本当に？」

「嘘じゃないです」

はっきり言って、なかなかの面倒くささだったが、

「じゃあ脱がせて、手を繋いだまま……」

佐奈江は上目遣いでこちらを見つめ、ぎゅっと両手を握りしめてきた。彼女は立っていて、秋彦はしゃがんでいる。顔の位置が七、八十センチも上にあるにもかかわらず、蕩《とろ》けるような上目遣いで見つめてくる。

負けた、と思った。可愛らしさは正義である。三十代半ばで、こんなにも甘いキメ

顔をもっているなら、少々の面倒くささは許される。

両手が塞がっている以上、彼女の下着を脱がすには、口を使うしかなかった。前から見てもやけにくびれているウエスト——そこに密着しているストッキングを嚙《か》み、ずり下ろしていく。すぐにはずり下ろせない。左・前・右・前と嚙む場所を変えて少しずつ下ろしていくしかなく、あっという間に顔中が汗まみれになった。

面倒くさかったが、興奮した。女から下着を奪うという儀式は、これくらい手間暇をかけたほうがいいような気さえしてきた。

たとえば、「下着が汚れるから」という理由で、ベッドに入る前に自分でさっさと全裸になる女がいるが、あれは興醒めだ。男から脱がす悦びを奪う、一種の暴力でさえあると思う。

その点、ストッキングを少しずつずり下ろされるたびに、くすぐったそうな、あるいは恥ずかしそうな表情で身をよじっている佐奈江は、暴力的にいやらしい。時折両手をぎゅっと握ってくるのも可愛らしく、愛撫をしているわけでもなんでもないのに、股間が放つ熱気と湿気と淫らな匂いは、強まっていくばかりである。

（さすが人妻だな。じわじわ脱がされたほうが、自分も興奮することをよく知っているんだ……）

感心しながら、ストッキングを膝まで下ろした。爪先から抜くにはさらに時間がかかりそうなので、ひとまずターゲットをパンティに移す。極薄ナイロンの保護を失ったパンティは、本来のワインカラーに煌々《こうこう》と輝き、男心を挑発してきた。まるで高貴な薔薇《ばら》の花びらのような色合いである。

ストッキングと同じ要領で、左・前・右・前とずり下ろしていく。ストッキングとの違いは、その下にはもう、なにも着けていないことだ。ずり下ろすたびに、露出する肌の面積がひろがっていき、佐奈江の下半身はいやらしい眺めになっていく。黒い陰毛が姿を現すと、秋彦は息を呑んで佐奈江を見上げた。佐奈江もこちらを見下ろしている。視線と視線がぶつかりあう。

（こっ、これはけっこう……）

剛毛である予感に胸が震えた。エステサロンであれ薬局で売っているワックスであれ、いまどきは廉価《れんか》で簡単に無駄毛処理ができるので、パイパンの女も少なくないし、形を整えている女はもっと多いはずだ。

にもかかわらず、佐奈江はなんの処理もしていないようだった。ワインレッドのパンティをずり下ろしていくほどに、股間を覆う黒い草むらは存在感を増していった。奥がじっとり湿っているようで、強い匂いが漂ってきた。まじまじと見つめ、鼻を鳴らして匂いを嗅ぐと、佐奈江は恥ずかしそうに身をよじった。

「あとは……自分で……」

蚊の鳴くような声で言うと、秋彦の両手を引っぱった。一瞬、立ちあがらされたが、すぐにソファに座るようにうながされる。佐奈江は両手の恋人繋ぎをほどくと、前屈みになってそそくさと二枚の下着を脚から抜いた。赤く染まった顔をそむけつつ、秋彦にまたがってきた。対面座位の体勢である。

意外な体位だった。対面座位ということは、彼女のほうが腰を動かすということだ。黒すぎる陰毛もそうだが、可愛い顔とギャップがありすぎる。てっきり、下になって遠慮がちにあんあん言うと思っていたのに……。

「いっ、入れるね……」

佐奈江は腰を浮かせると、まなじりを決して秋彦を見つめてきた。そう表現せずにはいられないほど、緊張しているようだった。紅潮した顔全体がこわばっているし、視線が定まる気配がない。そもそも、下半身は裸になっているのに、ブラジャーを着けたままだった。わざとそうしているとは思えないので、きっと緊張のあまり取るのを忘れているのだろう。

佐奈江はペニスに手を添え、性器と性器の角度を合わせた。ヌルリとした淫らな感触が亀頭に訪れ、秋彦の息はとまった。ずいぶん濡らしているようだった。驚くほど汁気が多く、奥からあふれて竿のほうまで垂れてくる。

「んんっ……」

こわばった顔をさらにこわばらせ、佐奈江は腰を落としてきた。ずぶっ、と亀頭が沈んだ感触がした。あまり抵抗感が強くないのも、濡らしすぎているからだろう。かなりスムーズに、ずぶずぶと呑みこまれていった。秋彦としてはいささか拍子抜けしたような感じだったが、佐奈江はそうではなかった。

「んんんっ……んんんんーっ！」

こわばった顔がみるみる真っ赤に染まっていき、戸惑いの視線を秋彦に向けてきた。腰を最後まで落としきると、とめていた呼吸ごと、「あああーっ！」と甲高《かんだか》い声をあげ、泣きそうな顔になった。自分が思っていたより、自分の口から放たれた声が大きかったらしい。

秋彦は佐奈江を抱き寄せると、唇を重ねた。彼女の厚みがある柔らかい体は、ぶるぶるっ、ぶるぶるっ、と小刻みに震えていた。

久しぶりのセックスであることは疑いようがなかったが、秋彦もまた、三カ月以上女体に触れることなく過ごしていた。ひとつになって身悶えている佐奈江を見ていると、いてても立ってもいられなくなり、体が内側から爆発しそうだった。

けれども、対面座位では男が腰を動かすことが難しい。しかたなく、佐奈江の背中に両手をまわし、ブラジャーのホックをはずした。

（うわあっ……）

カップをめくると、ふたつの胸のふくらみが姿を現した。いままで隠されていたのが残念に思えるくらい、まがうことなき巨乳だった。ひとつの肉丘を、片手ではとてもつかみきれない迫りだし方だし、裾野は裾野で量感たっぷり、よくブラジャーのカップに収まっていたなと感心してしまうほどたわわに実っている。全体のサイズに比例して、乳暈《にゅううん》が大きめなのにもそそられた。色はくすんだピンクだった。

（エッ、エロいだろ……これはエロすぎるだろ……）

秋彦は大きな乳房に対して、特別にフェティッシュな思い入れはない。おっぱい星人を自称する友人知人を、どちらかと言えば冷ややかな眼で見ていたのだが、佐奈江の巨乳にはノックアウトされた。ただ大きいだけではなく、ぎりぎりで重力に抗《あらが》っている姿も健気《けなげ》なら、色も真っ白でミルクの匂いが漂ってきそうだった。これは間違いなく女体の象徴、男を惑わせるパーツのひとつと認定していい。

両手で裾野からすくいあげ、わしわしと揉んだ。いきなり強く指を食いこませてしまったが、遠慮がちな愛撫では物足りないはずだ——そう思ってしまうほど、ド迫力の巨乳なのである。

「うんんっ……くぅううーっ！」

くすんだピンクの乳暈を舐めまわし、先端を吸ってやると、佐奈江は喉を突きだしてのけぞった。乳首の刺激に反応し、身をよじっているが、すぐに身をよじっているだけではいられなくなった。

「ああっ、いやっ……あああっ、いやあああっ……」

羞《は》じらいに歪んだ声をあげつつも、腰が淫らに動きだす。クイッ、クイッ、と股間をしゃくるようにして、蜜蜂のようにくびれたウエストを前後させる。

やたらと腰がくびれて見えたのは、尻が大きいという理由もある。尻が大きいということは、それを振り子の重石のように使ってリズムに乗れる。クイッ、クイッ、と股間をしゃくるピッチが次第にあがっていき、ずちゅっ、ぐちゅっ、と卑猥な肉ずれ音がたった。佐奈江はいやいやと首を振ってそれを羞じらいつつも、腰を動かすのをやめることができない。

「むううっ！　むううっ！」

乱れはじめた佐奈江をさらに乱そうと、秋彦は巨乳を揉みくちゃにした。柔らかな乳肉の形が変わるほど指を食いこませては、突起した先端をチロチロと舐める。それが巨乳の特徴なのか、突起の仕方が控えめだったが、唇を押しつけてチューッと強く吸いたてれば、佐奈江はハーフアップの長い髪を振り乱してあえぎにあえぐ。突起は控えめでも、感度は抜群らしい。

秋彦は肉の悦びに溺れてかけていた。正常位に体位を変えて思う存分突きまくってやりたかったが、もうすぐ佐奈江がイキそうな手応えを感じた。腰の動きは切羽つまっていくばかりだし、性器と性器をこすりあわせるほどに、締まりがよくなっていく。内側のヌメヌメした肉ひだがカリのくびれにからみつき、淫らなまでに吸いついて、歓喜の瞬間が近いことを知らせてくる。

もちろん、絶頂に達しそうな女からそれを取りあげるような野暮な真似はできなかった。自分のペニスでイッてくれる女は、いつだって愛《いと》おしい。こちらが本気を出すのは、ひとまず佐奈江がイッてからでいい。

「ダッ、ダメッ……もうダメッ……」

佐奈江が眼に涙をいっぱいに浮かべて見つめてくる。

「もっ、もうイキそうっ……わたし、イッちゃいそうっ……」

秋彦はうなずいた。

「いいの？　先にイッてもいいの？　慰めてあげるなんて言っておいて、恥ずかしいっ……でっ、でもっ……でもおおおっ……」

秋彦は巨乳と戯れていた両手を、佐奈江の尻にさっと移動させた。乳房より量感をたたえた尻丘をしっかりとつかみ、リズムに乗って手前に引き寄せた。佐奈江の腰振りを補助してやり、さらにピッチをあげてやる。締まりのよくなった肉穴に、下からペニスをえぐりこませる。

「はっ、はぁあああああーっ！」

佐奈江は広いリビング中に声を響かせてのけぞった。両手が秋彦の首にまわっていなければ、そのまま後ろに倒れていただろう。喉を突きだし、乳首をぽっちりと突起させせた双乳をタプタプと上下させせた姿がいやらしすぎる。もう一刻の猶予《ゆうよ》もないらしく、歯を食いしばって息をとめている。

「……イッ、イクッ！」

次の瞬間、佐奈江は五体を躍らせた。ビクンッ、ビクンッ、と腰を跳ねさせ、全身の肉という肉を小刻みに痙攣《けいれん》させながら、恍惚《こうこつ》の彼方《かなた》にゆき果てていく。肉穴をぎゅっと食い締めて、女に生まれてきた悦びをむさぼり抜く。

「ああーっ！　いいいいーっ！　すごいいいいいーっ！」

閉じることのできなくなった口から絶え間なく声をあげ、眉間に刻んだ皺《しわ》をどこまでも深めていった。まるで彫刻刀で彫ったように深い縦皺だった。これほど迫力のあるイキ顔を拝んだのは初めてだと、秋彦は圧倒されてしまった。

第二章　青春をやり直し

1

それから、秋彦は週末ごとに佐奈江の家に通うようになった。

もちろん、セックスをするためだ。

虫も殺さないような顔をしているくせに、佐奈江のセックスはすごかった。巨乳に巨尻、分厚くてメリハリのあるボディの抱き心地も最高だが、なにより、欲望に忠実なところがいい。とにかくイキたがる。羞じらいを忘れているわけではないのだが、それを上まわる欲望に満ちている。

人妻、ということなのだろうか。

女の悦びを知りながら、夫には満たしてもらえない女の悲哀――というと、昭和の暗いメロドラマのようだが、佐奈江は基本的に明るいし、やさしくて気遣い上手だから、いままで付き合ったどんな女よりも秋彦を満足させてくれた。佐奈江はいつだって、たっぷりと料理をつくって迎えてくれる。おいしい食事と濃厚なセックスを交互に味わっていると、週末の二日間はあっという間に過ぎていく。

とはいえ……。

彼女が人妻である以上、ふたりの関係に未来はない。それだけは肝《きも》に銘じておかなければならないだろう。

秋彦にとって、初めての不倫だった。未来に思いを馳せてはいけないと、何度も自分に言い聞かせた。佐奈江が稼ぎのいい夫を捨て、秋彦と新しい人生を歩むことなんて考えられなかった。実際、裸になってのボディランゲージは饒舌《じょうぜつ》でも、「好き」とか「愛している」なんて口走る素振りも見せない。

だが、それゆえにセックスはどこまでも燃えあがる。

いつ終わりが訪れるかわからない刹那《せつな》の快感であればこそ、寝る間も惜しんでお互いの体をむさぼらずにはいられないのだ。

竜宮城にでもまぎれこんだ気分で、ひと月が過ぎた。地球温暖化の影響だろうか、暦の上では秋が深まっているはずなのに、シャツ一枚でも寒さを感じない、過ごしやすい天候が続いていた。

　そんなある日の午後、仕事を終えた秋彦が自宅に戻ってくると、女とすれ違った。隣に住んでいる女である。

　秋彦の部屋は、アパートの一階のいちばん奥にあった。陽当たりの悪い外廊下を歩いていると、隣の部屋から出てきた女がこちらに向かって歩いてきた。秋彦は眼を合わせずに会釈した。我ながらコソコソしている。

　このアパートに引っ越してきたとき、秋彦は隣の部屋にタオルを持って挨拶に行った。不在だったので、タオルの入った袋に挨拶文をしたため、ドアノブにかけておいた。リアクションはなかった。近所付き合いが苦手なようなので、秋彦もなるべく関わらないように心掛けている。

　隣室の住人は夫婦だった。眼を合わせないで会釈するだけなので、どういう人たちなのかはわからないが、おそらく秋彦と同世代だろう。夫婦連れ、あるいはそのどちらかとすれ違ったことは何度かあるものの、子供の姿は見たことがなかった。夫婦ふたりだけの世帯だ。

「あのう……」

　後ろから声をかけられ、ドキンッと心臓が跳ねあがった。立ちどまったものの、振り返るのをためらっていると、

「いったい、いつになったら気づいてくれるんですか？」

女は尖《とが》った声で続けた。

そうなると振り返らないわけにはいかず、おずおずと首をひねっていくと、女はふくれっ面《つら》でこちらを見ていた。綺麗な女だった。異常に顔が小さく、眼鼻立ちはくっきりとして、やたらと細いモデル体形。髪は黒いショートマッシュで、茶色いレザージャケットにブルージーンズというラフな格好が、やけに格好よくてオフタイムの芸能人を彷彿《ほうふつ》とさせた。

「まっ、まさか……高瀬《たかせ》？」

時間が巻き戻っていくような不思議な感覚の中、記憶が呼び覚まされていく。

高瀬伊智子《いちこ》――高校の一年後輩であり、同じ演劇部で二年間一緒に過ごした。

「いまは森野《もりの》ですけどね」

伊智子は唇を歪めて言った。たしかに、彼女の部屋の表札には「森野」と書いてある。結婚して姓が変わったのだろう。

「先輩とすれ違うたびに、今日は気づかれるかも、今日は気づかれるかもって、ドキドキしてたのに、三カ月も気づかないなんて失礼しちゃう。それとも、気づいていて無視してたのかしら？」

「そっ、そんなことあるわけないだろ……いやあ、びっくりした」

秋彦は額に浮かんだ冷や汗を拭った。高校を卒業して以来だから、彼女と再会するのは十二年ぶりになる。ふたりが通っていた高校は、この街から電車で一時間もかかる。まさかこんなところで再会するとは……。

秋彦と伊智子は外廊下に立ちつくし、お互いの顔をまじまじと見ていた。会話は続かなかった。言葉が出てこない。

演劇部で二年間一緒だったとはいえ、秋彦と伊智子は仲がよかったわけではない。秋彦が部活を引退する間際は、むしろぎくしゃくした関係だったので、気まずい空気が行き来する。

「先輩はひとり暮らしなんですか？」

「えっ？　まあ、そうだけど……」

「引っ越しの挨拶にいただいたお手紙に、奥さんの名前書いてなかったですもんね」

「……なにが言いたいんだ？」

伊智子は昔から口が悪かった。いい歳して独身なんですか？　と嫌味を言われるのかと身構えたが、

「再会を祝してお茶ぐらいご馳走してくださいよ」

伊智子はシレッと言い放った。

「奥さんがいるなら遠慮しますけど、ひとり暮らしならべつにいいでしょ」

「俺が高瀬に……お茶？」

秋彦はキョトンとした。なんでそんなことしなくちゃいけないんだ！　と怒りさえこみあげてきたが、こちらもいい大人であり、自意識過剰だった高校生のときとは違う。隣人と仲よくやっていくのが大人のマナーなら、お茶の一杯くらいご馳走するのはしかたがないのかもしれない。


「殺風景な部屋ですねえ……」

リビングに通すと、伊智子は室内を見渡して苦笑した。

「殺風景っていうか、夜逃げしてきた直後みたい。引っ越してきてから、もう三カ月は経ってますよね？」

「いいから黙って座ってろ」

秋彦は足元を指差して言った。フローリングの床である。ソファはもちろん、座布団ひとつない。おまけに食卓は段ボール箱。伊智子の意見はもっともだったが、好きでやっているミニマルライフに、文句を言われる筋合いはない。

さっさとお茶を飲ませて帰そうと思ったが、お茶っ葉が切れていた。インスタントコーヒーの瓶すら空だ。冷蔵庫を開けてもソフトドリンクの類《たぐ》いは見当たらず、ディスカウントショップで買い求めた一本二十九円の激安発泡酒だけが、びっしりと詰まっていた。

「あっ、わたしお茶よりそっちのほうがいいかも」

伊智子が四つん這いでやってきて、冷蔵庫の中をのぞきこむ。

「昼間っから酒かよ」

秋彦は溜息まじりに言った。時刻は午後四時を少し過ぎたところ。秋の太陽はまだ沈んでいない。夕焼けさえ遠そうだ。

とはいえ、お茶っ葉もコーヒーも切らしているので、しかたなく発泡酒を一本渡した。自分にも一本取り、プルタブを開けて飲みはじめる。伊智子は床に座っているが、秋彦は立ったままだ。

「乾杯くらいしましょうよ」

伊智子が呆れたように言い。

「すまん。忘れてた」

秋彦はあさっての方を向いて答えた。もちろん、乾杯をしなかったのはわざとである。彼女と乾杯する義理はない。

「なんかわたし嫌われてます？」

「べつに」

「わたし、いまでもよく、演劇部のこと思いだすんですよ。楽しかったな。わたしの人生で、高校時代がいちばん輝いていたかもしれない」

「へえー」

立ち飲みスタイルも疲れるので、床に座ってあぐらをかいた。

「ビールもう一本飲んでいいですか？」

「もう空けたのかよ」

「喉が渇いてたんですよ」

「勝手にどうぞ。ビールじゃなくて発泡酒だけどな」

四つん這いで冷蔵庫に近づいていく伊智子の姿を眺めながら、秋彦は舌打ちしたい気分だった。

なるほど、高校時代の彼女は輝いていた。当時の伊智子は顔が綺麗なだけではなく、はじける若さでキラキラしたオーラを放ち、現実離れした美の化身に見えた。入部届を持ってきた彼女を見て、演劇部員全員が腰を抜かしそうになったくらいだ。

当然のように、一年のときからヒロインを演じることになった。芝居は下手くそだったが、すらりとしたスタイルが舞台映えした。もちろん、顔面偏差値の高さは全校生徒に知れ渡っていたから、台本の筋とは関係なく、伊智子が澄ました顔で舞台を歩いているだけで、客席は拍手喝采だった。

新入生のときからそういう立場に置かれると、人は天狗になるものだ。伊智子の鼻も呆れるくらい高かった。だがそれは、先輩を押しのけてヒロインの座についたからではなく、ファンクラブができるほどまわりがチヤホヤしてくれたからでもなく、生来の性格だった。元からわがままで生意気な女なのだ。

一方の秋彦は、高校時代から雑用係だった。本当は演出がやりたかったのだが、そういう能力に長けた人間は他にいたし、逆に雑用を手際よくこなせる人間がいなかったので、必然的にそうなった。

舞台裏のトラブルシューターを気取っているのは、それはそれで悪い気分ではなかった。小道具が壊れた、衣装が破れた、ＰＡが故障して音が出ない——みんな、困ったときは秋彦を頼りにしてきたものだ。

それがいつしか、伊智子専任のご機嫌取りのようになっていた。伊智子がヒロインに定着して以来、彼女が最大のトラブルメーカーになったからである。

今日は気分が乗らないから演技したくない——開演直前にそんなことを言いだす年下の女をなだめすかせて舞台に送りだすのは、骨の折れる仕事だった。どうでもいいような愚痴を延々と聞かされたり、八つ当たりでパンチやキックをされるのは日常茶飯事。焼きそばパンを食べれば機嫌が直ると言われれば購買部に走り、マックシェイクが飲みたいと言われれば駅前まで長距離マラソンだ。まるでわがままな女優とマネージャーのような関係だった。

百歩譲って、そこまではまあいい。

人間、誰にだって反抗期はあるし、伊智子ほどの美貌をもっていれば、高慢になるなというほうが難しいのかもしれない。

だが、ある日、こんなことを言われた。

伊智子が二年、秋彦が三年の夏休みだった。秋には文化祭が控えており、演劇部員は夏休みでも毎日学校にやってきて、稽古に明け暮れていた。

その帰り道でのことだ。

秋彦は大道具・小道具の管理をしていたので、帰るのはいちばん最後だった。手伝ってくれる者もいなかったので、たいていひとりだ。時刻は午後三時くらいだったろうか。

校門を出て、蟬《せみ》の鳴き声がやかましい街路樹の下を歩いていると、突然、角からなにかが飛びだしてきた。伊智子だった。「わっ！」と声をあげて、両手をこちらに向けながら……。

驚いたことも驚いたが、嫌な予感がこみあげてきた。夏服の白いセーラー服を着た伊智子は、夏の木漏《こも》れ日を浴びて金色に輝き、まるで地上に舞い降りた天使のようだった。しかし、彼女が幼稚な振る舞いをすると、その後にはたいてい、理不尽な災難が降りかかってくる。

「先輩、今日暇ですか？」

伊智子はスキップをしながらあとについてきた。

「えっ？　忙しいよ」

秋彦はつまらなそうに答えた。本当は暇で暇でしようがなく、家に帰っても昼寝くらいしかすることがなかったのだが、防衛本能が働いた。

「バイトとか？」

「そんな感じ」

当時、週に三日ほど近所のとんかつ屋でバイトしていたが、その日は非番だった。

「サボッちゃいましょう」

「はっ？」

秋彦は眉をひそめて振り返った。

「なに言ってんだ、まったく……」

「サボッたら、いいことあるかもしれないのに……」

伊智子がニヤニヤ笑いだし、嫌な予感は本格化していった。

「耳貸してください」

「なんだよ、いったい……」

伊智子はニヤニヤしながら耳に唇を近づけ、甘い吐息とともにささやいた。

「エッチしましょうよ」

秋彦は棒を呑みこんだような顔になった。言葉を返せず、じっとりと恨みがましい眼を伊智子に向けた。

「こう見えて、わたし処女なんです。わたしのヴァージン、先輩にあ・げ・る」

「あのさあ……」

秋彦はハーッと息を吐きだした。

「そういうこと、冗談でも言わないほうがいいぜ。不愉快だ」

「本気ですってば」

伊智子は秋彦の前にまわりこんできた。ふたりの足がとまる。

「高二の夏なのに、まだ処女なんて恥ずかしいじゃないですか?」

「そんなことないだろ……」

秋彦は高三の夏でもまだ童貞だった。

「恥ずかしいですよ。モテない女みたいで……」

「高瀬はモテるよ。知ってっか? うちの学年で人気投票したら、おまえ三位だったんだぜ。口が悪いの直して愛想よくしてれば、一位だって夢じゃない」

容姿だけなら伊智子が断トツで一位だったが、日本人の男の価値観は「女は愛嬌」。そのときの上位ふたりは、どちらも親しみやすい笑顔の持ち主だった。

「でも処女なんだからモテないも同然でしょ。だから、この夏のうちに是が非でもロスト・ヴァージンしたいんです」

「すりゃ、いいじゃねえか」

「相手してください」

「なんで俺なんだよ？」

「だって……」

伊智子はさも楽しげにクスクスと笑い、

「先輩だったらエッチしても好きにならない自信があるし」

「……どういう意味？」

「女の子って、あんまり好きじゃない男でも、エッチしたらものすごい好きになっちゃうらしいんですよ。でもわたし、処女は捨てたいけど、彼氏は欲しくないんです。男に振りまわされて青春を棒に振るのなんて絶対にいや。その点、先輩だったら裸を見られても、恥ずかしいこととされても、なんにも感じなさそうだし……」

秋彦は言葉を返せなかった。暑苦しい蟬の鳴き声を聞きながら、ただ冷たい眼で伊智子を眺めていた。

秋彦は伊智子が好きだった。認めたくなかったが、もう認めなければならないところまで気持ちが高まっていた。好きでなければ、年下の女に顎で使われ、平気でいられるわけがない。

だが、自分と伊智子では釣りあいがとれていない、とも思っていた。容姿は月とすっぽんだし、秋彦にはそれを覆せるだけの武器がなかった。勉強ができるとかスポーツ万能とか親が富裕層の上級国民とか……。

それでも気持ちは伝えたかったので、秋の文化祭が終わり、演劇部を引退するとき、告白するつもりでいた。もちろん玉砕するだろうと思っていたし、付き合ってもらえるとは小指の先ほども考えていなかった。

それなのに、好きにならない自信があるから処女を貰ってくれとは、なんという無神経な言い草なのだろう。傲慢にも程がある。

「おまえって本当に最低だな。顔見てるだけで気分悪いから、あっち行け」

百年の恋も冷めてしまった感じだった。結局、演劇部を引退しても告白することはなく、卒業するといっさいの交流がなくなった。風の噂で芸能事務所にスカウトされたと聞いたが、メディアで彼女の姿を見かけたことはない。きっとわがままが過ぎて、プロのマネージャーでもお手上げだったのだろう。

昔の話である。

そんな彼女もいまは人妻、少しは大人になっただろうか？

2

「もう一本飲んでいいですか？」

伊智子が冷蔵庫に這っていく。

「おまえマジでいい加減にしろよ。ちょっとは遠慮したらどうなんだ」

彼女の飲んだ発泡酒の空き缶は、すでに五本に達していた。

「ケチケチしないでくださいよー。どうせそこのディスカウントショップで買った、一本五十円の缶ビールでしょ」

ビールではなく発泡酒だし、一本二十九円だったが、秋彦に訂正する気力はもはやなかった。昔を思いだしているうちに、秋彦もまた、五本の発泡酒を空にしていた。

窓の外はもう、夕焼けのピンク色に染まっている。

「お酒ばっかり飲んでると体に悪そうですね。なんかおつまみないんですか？」

「ねーよ」

「じゃあ、ちょっと愚痴聞いてもらってもいいでしょうか？」

「なんなんだよ……」

つまみがないなら愚痴を聞けとは、伊智子らしい発想だった。ほんの少しだけ、懐かしさがこみあげてきた。彼女の愚痴は、いつだって他愛ない。道を歩いていたら猫にガンをつけられたとか、エレベーターに乗ったら動きが異常にのろかったとか、どうでもいいようなことばかりだ。

「わたし、いま離婚調停中なんですよね」

意表を突かれ、秋彦は伊智子を二度見してしまった。

「原因はDV。びっくりしましたよ。男の人に殴られたのなんて初めてだし……しかも、顔……顔面ですよ」

「そっ、そうなんだ……」

秋彦は言葉を継げなかった。おまえみたいな無神経な女は殴られて当然、俺だって何度も殴りそうになったことあるぜ、ガハハ……そんなふうに笑い飛ばしてやろうかと一瞬思ったが、さすがにできなかった。

「ちっ、ちなみに、どうして殴られたの？」

「浮気を見つけたんです。スマホの暗証番号を解読して。そしたら、勝手に見るなって逆ギレされて……」

「なっ、なるほど……」

秋彦の胸は痛んだ。秋彦もまた、元婚約者のスマホを見た。勝手に見たわけではなく許可はとったが、浮気の証拠がボロボロ出てきた。

「それで、相手は出ていったわけだ……」

「違いますよ。わたしが追いだしたんです」

伊智子は得意げに胸を張った。

「浮気されて殴られて、黙って出ていかせるわけないじゃないですか。腕力じゃ勝てないから、寝込みを襲ってやりました。鉄のフライパンで頭をパッカーン……頭の血管って、切れるとすごい血が出るんですね。血まみれになって焦りまくっているあの人に、わたしはニヤッて笑って言いました。出ていかないと、次は包丁よ」

「おいおい……」

秋彦は苦笑することもできなかった。

「女が顔面をグーで殴られたんですよ。それくらいの報復は当然でしょ」

「そうかもしれないが……」

あきらかにやりすぎだった。フライパンの当たりどころが悪ければ、このアパートはパトカーや救急車に取り囲まれていたことだろう。

「しかし……そんな騒ぎがあったなんて知らなかったな。いつの話だい？」

パトカーや救急車が来なくても、隣でそんな大立ちまわりがあったなら、気づいていてもおかしくないと思うが……。

伊智子は指を折って数えてから言った。

「三週間前の週末……土曜日だったかな」

なるほど、と秋彦は胸底でうなずいた。土曜日なら佐奈江の家に泊まっている。大変申し訳ないけれど、伊智子が血まみれの修羅場を演じているとき、こちらは人妻と肉の悦びに溺れていたというわけだ。

「それにしてもなあ……おまえみたいな美人と結婚しておいて、浮気する男もいるんだねえ……」

酔ってきたのかもしれない、本音をポロッともらしてしまう。佐奈江がふわっとした美人なら、伊智子はキリッとした美人だった。誰にでもわかりやすく美しい。若さ由来の輝きを失い、二十九歳になったいまも、その点に関してだけは異論を挟む余地がなかった。造形とか骨格とか、ベースからして美人なのだ。

「わたしに言いよってくる男なんて、そんなのばっかりですよ」

伊智子は自嘲気味に言った。

「浮気されたの初めてじゃないし……仕事しない人とか、お酒に飲まれる人とか、ダメ人間のオンパレード。救いは反社や半グレがいなかったことくらい……」

「男運、悪いんだな」

秋彦が溜息まじりに言うと、伊智子がキッと眼を吊りあげて睨《にら》んできた。

「誰のせいだと思いますか？」

自分のせいだろ、と思ったが、気の毒なので黙っていた。

「先輩のせいですから」

「いやいやいや……」

秋彦は唖然とした。

「それはさすがに、八つ当たりにも限度があるぜ」

「いいえ、先輩のせいです」

伊智子がまっすぐにこちらを見てくる。彼女は小顔で眼が大きい。普通の人間の倍くらい眼力《めぢから》が強い。そういう人間にまっすぐ見つめられると怖いものがあり、秋彦は顔をそむけた。

「ボタンの掛け違いってあるじゃないですか？　わかりますよね？」

「……わかるよ」

「最初のボタンを掛け間違えると、そのあとのボタンも全部掛け間違える。そうですよね？」

「……そうだな」

「わたし、高校時代にすっごい好きな人がいて、その人に処女を貰ってくださいって言ったら、激怒されたんですよ。おまえは最低だって。その後は超絶冷たくなって、焼きそばパン買ってきてってお願いしたのにコッペパン買ってくるような嫌がらせまでされて……覚えてますよね？」

「……なんのことだか」

秋彦は肩をすくめてとぼけた。

「こっち見てください」

「見てるだろ」

見ていなかった。体の向きさえ、伊智子には向けていない。

「わたしの眼を見て、もう一回『なんのことだか』って言ってごらん」

「なんなんだよ、もう！」

秋彦は声を荒げた。

「黙って聞いてりゃ嘘ばっかつきやがって。なにが『すっごい好きな人』だよ。おまえが言ったのは、『処女は捨てたいけど彼氏は欲しくない。先輩ならエッチしても好きにならない自信がある』だ」

「しっかり覚えてるじゃないですか」

「そんな無神経なこと言われて、ほいほいエッチができるかよ。俺は傷ついた。なんならいまでも傷ついている。おまえとなんか、二度と会いたくなかったね」

「……好きだったくせに」

「はっ？」

「先輩、わたしのこと好きだったでしょ？」

「好きじゃねえよ」

「嘘ばっかり」

「天地神明に誓って好きじゃない」

「わたしを思ってオナニーしてくれてありがとうございます」

「おまえなあ……」

「好きだったんでしょ？」

「どうしたらそこまで自信過剰になれるかね。証拠でもあんのか？」

「へえ……」

伊智子は口角を吊りあげて、悪魔のように笑った。

「証拠出してもいいんですか？」

「だっ、出せるもんなら……」

「先輩の学年でやった人気投票、わたしに一票入れたでしょ？」

「そりゃ、演劇部の看板役者だからな。部員は全員、高瀬に入れたはずだ」

「あと先輩、わたしのバスタオル盗んだことあるじゃないですか？」

「盗んでねえよ。間違って捨てちゃったって、ちゃんと謝っただろ」

三年の春、演劇部の合宿のときだ。伊豆にある姉妹校の体育館で三泊四日。二日目の夜、伊智子はバスタオルがなくなったと大騒ぎした。顧問の女教師が異常な堅物だったことから、これはいじめだと大問題になりかけた。秋彦はそのバスタオルの行方を知っていた。伊智子のバッグから盗んだのだ。出来心というか、魔が差したというか、自分でもどうしてそんなことをしたのかわからない。

顧問の犯人捜しはシリアスになっていくばかりだった。いじめがあるような部は廃部にしたほうがいいとまで言いだしたので、秋彦は怖くなってこっそり伊智子に謝った。泥だらけで校庭に転がっていたから、自分が捨ててしまったと……。

伊智子が「わたしの勘違いでした」と顧問に伝えてくれたので、秋彦は救われた。彼女ほど性格が悪い女を他に知らないが、このときばかりは感謝した。いちおう庇《かば》ってくれたのだ。

「あのとき盗んだのは、バスタオルだけじゃないですよね？」

「だから盗んでないって……」

「わたしも最初は、先輩の言葉を信じてましたよ。干していたわけでもないバスタオルがどうして校庭にあったんだろうと思いましたけど、とりあえずいじめじゃなくてよかったなって……でも、あれは絶対に先輩が盗んだんです。だって、バスタオルだけじゃなくて、パンツまで一緒になくなってたんですから……身に覚えがありますよね？　わたしの使用済みのパンツを盗んだ……」

嘘だっ！　と秋彦は胸底で絶叫した。あの合宿のとき、伊智子のバッグの中には、たしかに使用済みのパンティも入っていた。しかし、それを盗むのはさすがに犯罪性が高い気がして、洗濯済みのものを盗んだのだ。

「どうなんですか？」

「いっ、いや……」

秋彦は首を横に振ったが、あきらかに動揺していた。そしてそれをスルーするほど、伊智子は甘い人間ではなかった。

「先輩、手が震えてますよ。声も上ずってますね。嘘発見器にかけたら、一発で針が跳ねあがりそう。わたしも家に帰ってから気づいたんですよ。パンツが一枚足りないの……かなり気持ち悪かったですけど、先輩が犯人だってわかってたから、黙ってたんです」

「そっ、そんなものが証拠になるもんか……」

秋彦の顔は燃えるように熱くなっていた。鏡を見れば、茹《ゆ》でダコのようになった自分の顔と対面できたはずである。嘘発見器になどかけられなくても、嘘をついているのが丸わかりに違いない。

「そんなに俺を下着泥棒にしたいなら、実家に行って俺の部屋を家宅捜索すればいいよ。おまえのパンツなんてあるわけないじゃないか」

実際は、ファスナー付きのプラスチック・バッグに入れて、厳重に保管している。いままで何度も捨てようとしたが、どうしても捨てられなかった。

「謝るならいまのうちですよ」

伊智子はニヤニヤ笑っている。

「好きなら好きって、言えばいいのに……」

「いっ、いまさらの話じゃないか……」

秋彦は歯噛みをしながら言った。

「そんな気が遠くなりそうなほど昔の話、いまさら蒸し返してどうする？」

「パンツ盗むくらい好きだったたって言わないと、許しませんからね」

伊智子が一歩も引かないので、秋彦は深い溜息をついた。

「なんなんだよ、まったく……下着泥棒だけは断じて認めるわけにはいかないが……ひゃ、百歩譲って好きだったのは認めてもいい。ああ、好きだよ。俺はおまえが好きだった。美人というのは本当に得だぜ。先輩を顎で使う性格最悪のクソ女でも、あれだけ綺麗なら好きにならずにいられないよ。どうだっ！　これで満足かっ！」

叫ぶように言うと、伊智子は両手で顔を覆った。茶色いレザージャケットに包まれた小さな肩が震えていた。嗚咽《おえつ》をもらしているように見えた。「性格最悪のクソ女」は、さすがに言いすぎだったか……。

「おっ、おい、大丈夫か？」

恐るおそる声をかけると、伊智子は顔を覆っている両手の指を開き、大きな眼をこちらに向けた。黒い瞳を潤ませて、涙を流していた。泣きながら、茶目っ気たっぷりに笑った。

「言わせちゃった」

3

ボタンの掛け違えという言葉が、頭の中をぐるぐるまわっている。

伊智子にとってそれは、おそらく不本意な初体験を迎えたということだろう。どういう形でロスト・ヴァージンしたのかは知る由《よし》もないが、処女を捧げたいと思っていた相手とは結ばれず、人としていかがなものかと思われるようなダメ男とばかり付き合うようになった。

秋彦にもボタンの掛け違いがあったとすれば、初恋の相手が伊智子だったことだろう。保育園の先生とか小学校のクラスメイトとか、それまでにも淡い恋心を寄せた相手はいたけれど、恋い焦がれるあまり眠れない夜を何日も過ごし、下着を盗むほど狂おしい感情を抱いたのは、間違いなく伊智子が初めてだった。

美人なのに性悪――自分の女の趣味が悪いのは、そのあたりにルーツがあるような気がしてならない。伊智子の男遍歴も相当なもののようだが、秋彦の女遍歴も人には言えない恥にまみれている。

もしも最初のボタンを掛け間違えなかったら……。

高三の夏の日、蝉の鳴き声がやかましい街路樹の下で、もう少しだけ素直になれたら、いまとは違う人生を歩んでいたかもしれなかった。伊智子はああいう女だから、秋彦のほうが先輩らしく寛大な心で接していれば……。

ボタンを掛け間違えていることに気づいたとき、人はどうすればいいのだろう？　いったんボタンを全部はずして、一から掛け直していく他はない。時間を巻き戻すことはできないけれど、気持ちのボタンだけは、一から掛け直すことができるのかもしれない……。

「とことん殺風景なんですね……」

伊智子を寝室に通すと、呆れた顔で言った。畳敷きの六畳間に万年床が敷いてあるだけの部屋だから、彼女が呆れるのも無理はない。唯一家財らしきものは、ぶら下がり健康器だけ。伊智子は一瞥《いちべつ》したが、興味がないようでなにも言わなかった。

「帰ったほうがいいんじゃね」

秋彦は眼を合わせずに言った。

「離婚調停中ってことは、まだ結婚してるってことだろ？　男に抱かれていい身分じゃないぜ」

毎週末、人妻と濃厚セックスを楽しんでいる人間の言う台詞ではないが……。

「帰らない」

伊智子はきっぱりと言った。

「先輩にフラれたせいで男運が悪くなったんだから、先輩に抱かれるところからやり直したいんです」

「べつにフッてないだろ……」

小声でこぼすと、

「先輩も残念だったよねーっ！」

伊智子はわざとらしいほど明るい声で言った。

「あのときわたし、正真正銘のヴァージンで、肌だってつるつるだし、どこもかしこもピチピチな、ザ・生娘《きむすめ》って感じだったから、抱けばよかったのに……」

「……そうかもな」

「そうよ。カッコつけてないでやっちゃえばよかったのよ。いまはバツイチ目前のアラサーで、ダメ男たちのお古だもん……」

「……そういうこと、言うな」

秋彦は哀《かな》しげな眼を向けたが、伊智子は続けた。

「本当のことだから……わたしに近づいてくるのなんて、体目当てのチャラい男ばっかり。わたしね、男に褒められるのが大好きだけど、見た目以外のことを褒められたことがない。そんなのすぐに飽きちゃうでしょう？　で、他の女に走る……でも先輩だけは……下心なしでやさしくしてくれた……」

そう思ってくれるのはありがたいが、下心はあった。なければパンティなんて盗まない。

伊智子が茶色いレザージャケットを脱いだ。下はぴったりした白いTシャツだった。それも脱ぐと、水色のブラジャーが姿を現した。まるで風呂場の脱衣所にいるように、両手を後ろにまわしてブラジャーもあっさり取ってしまう。

「先輩も脱いでくださいよ」

「ムードねえなあ……」

同じ人妻でも、下着を口で脱がすように求めてきた佐奈江とは大違いだった。セックスに賭ける意気込みや熱量が段違いである。

とはいえ、秋彦の視線は伊智子に釘づけで、みるみる鼻息が荒くなっていった。

伊智子はスレンダーなモデル体形で、肩幅がとても狭い。演劇部で彼女の衣装を管理していた秋彦は、昔からそれを知っていた。モデル体形の女がたいていそうであるように、バストのサイズも控えめだったはずだ。なのに、いま目の前にさらけだされている伊智子の乳房は、まるで細い枝に実った果実のように、そこだけが真ん丸にふくらんでいる。

（こっ、こんなにおっぱいでかかったのか……）

乳房のサイズだけではなく、全体から醸しだされるエロティックなムードに気圧されてしまう。伊智子はまだ、ブルージーンズを穿いている。秋彦が作業用に穿いているよれよれのものとは違い、色落ちしていない綺麗なインディゴブルーで、細身のデザインが下半身にぴったりとフィットしている。

腰つきがいやらしかった。全体が細いからくびれているのではなく、しなやかな柳腰だ。そんなスタイルの女が、トップレスで丸々とした乳房をさらけだしているのだから、興奮するなというほうが無理な相談だった。

「ジロジロ見ないでくださいよ」

伊智子が頬をふくらませて言う。河豚《ふぐ》のようなプク顔は、高校時代から彼女が得意にしていたキメ顔のひとつだ。

「昔ならジロジロ見られても平気でしたけど、もうおばさんだし……」

いったいどこがおばさんなのか、秋彦には理解できなかった。強《し》いてあげれば乳首があずき色だったが、そんなのは普通だろう。女子高生でもあずき色の乳首なんてざらにいそうだし、伊智子の場合、乳首のついている位置が高いから、丸々とした乳房全体がツンと上を向いて見える。

伊智子は腰を屈めてジーンズを脱ぎはじめた。ぴったりとフィットしているせいで、脱ぐのが大変そうだった。パンティはブラと揃いの水色だった。ハイレグのＴバック
――脱がなくても、真っ白いお尻が丸見えだ。

「どうしてわたしばっかり脱いでるんですか？」

伊智子が睨んでくる。

「あっ、ああ……」

秋彦はあわてて服を脱ぎはじめた。ブリーフの前がもっこりとふくらんでいた。恥ずかしかったが、いい歳して恥ずかしがるのはよけいに恥ずかしい。伊智子もまだパンティを穿いているので、ブリーフ一枚で布団に横たわる。

「意外」

隣に横たわった伊智子が眼を丸くした。

「この布団、すごいふかふかじゃないですか。男のひとり暮らしの万年床なんて、もっと湿っぽいと思ってたのに……」

「布団を干すのが趣味なんだ」

正確には、布団を干すときに佐奈江の顔が見られればいいなと期待しているから、

このところ毎日のように干している。

「照れちゃいますね」

息のかかる距離で、伊智子がささやく。珍しく上目遣いになっている。眼も大きいが、睫毛《まつげ》も長い。眼尻に皺でもあれば、こいつも歳だな、とちょっとは安堵できそうだったが、まるで見当たらない。

「やっぱやめとくか」

秋彦が苦笑まじりに言うと、

「こんなになってるのに？」

伊智子は悪戯っぽく笑った。ブリーフの前を突っ張らせているペニスを、すりすりと撫でてくる。秋彦はたまらず身をよじった。

「高校時代に好きだった女とするのって、どんな気分？」

「びっくりしてるよ……」

秋彦は遠い眼でつぶやいた。

「だいたい、隣に住んでいたこと自体にびっくりだ」

「わたしは、声をかけるの三カ月も我慢しました」

伊智子が眉根を寄せて見つめてくる。

「本当はすぐにでも声をかけたかった。夫を追いだしたときは、話を聞いてもらいたくてしようがなかった……でも……できなかった……」

「どうして？」

「嫌われてる、と思ってたし……」

秋彦は伊智子を抱き寄せ、唇を重ねた。伊智子の唇は小さくて薄かった。手に負えない毒舌なのに、唇が上品なのが不思議だった。

たしかに……。

秋彦は伊智子を嫌っていた。あんな女は豆腐の角に頭をぶつけて死ねばいいとまで思っていたこともあるから、ほとんど憎悪していたと言っていい。

しかし、憎悪は愛情の裏返し、コインの裏表のようなものなのだ。高校時代はわからなかったが、いまならわかる。

三十年間生きてきて、伊智子ほど嫌いだった女はいない。心が千々に乱れるような、激しい憎悪を抱いた女も……。

「うんんっ……んんんっ……」

舌を吸ってやると、伊智子は甘えるように鼻を鳴らした。口も小さければ、舌もまた小さい女だった。小さくてつるつるしていた。

伊智子は舌を吸われながら、ずっとこちらを見ていた。キスをするとき眼を閉じない女が、秋彦は嫌いではなかった。

ショートマッシュの黒髪を撫でながら、キスを続けた。唇だけではなく、頬にも耳にも首筋にも……。

4

伊智子は首が長いから、ショートカットが似合っていた。高校時代は、ずっと髪が長かった。それでも、ポニーテイルにしているときなどに露《あら》わになる、長い首が綺麗だったことをよく覚えている。

右手を胸に伸ばしていった。丸々と実った乳房を裾野からすくいあげると、伊智子はぎゅっと眼をつぶった。秋彦はすべての神経を右手に集中して、柔らかな隆起を撫でた。伊智子は色白だが、乳房の色はひときわ白かった。肌の質感も、剥き卵のようにつるつるで張りがある。

そっと揉みしだくと、不意に息苦しい緊張を覚えた。高校時代、こんなシーンを何度夢見たか知れない。眠れない夜に妄想を逞《たくま》しくして、伊智子の裸ばかり頭の中に思い描いていた。

現実感がなかった。思えば、ふたりで発泡酒を飲んでいるときから、夢の中にいるようだった。伊智子が隣人だったという偶然を受けとめきれずにいたし、一緒に酒を飲んだのも初めてだったからだ。

ましてや……。

剝きだしになっている伊智子の乳房を揉みしだく日が来るなんて、思ってもみなかった。ありえない奇跡を体現している緊張が、乳肉に食いこませている指をこわばらせる。それでも、あずき色の乳首をつまみ、ねちっこくいじりまわし、いやらしく尖ってくると、興奮が緊張を凌駕していった。

「あっ……んんっ……」

伊智子が小さく声をもらしたのは、秋彦が乳首を口に含んだからだ。彼女の普段の声は低く、落ちついている。いまもらした声もあえぎ声にしては低かったが、頼りないくらいにか細かった。

左右の乳首をひとしきり口唇で愛撫すると、秋彦の右手は自然と、伊智子の下半身に這っていった。パンティは水色のハイレグで、フロント部分はなめらかなナイロンの触り心地がした。

こんもりと盛りあがった恥丘を何度か撫でてやっても、伊智子は脚を開かなかった。逆に太腿をこすりあわせて、指が肝心な部分に届くのを拒もうとしているかのようである。

人妻のくせに羞じらい深いことだ——秋彦は胸底で苦笑した。しかも、伊智子は脚が細い。稽古のときに短パン姿を何度も見たことがあるが、気をつけをしても太腿がくっつかないで、間に向こう側が見えているのだ。

そんな細い脚で太腿をこすりあわせたところで、男の欲望には抗えない。秋彦はパンティの上から恥丘を撫でるのをやめ、臍の下から水色の生地の中に侵入していった。伊智子は眼をつぶったまま、裸身をこわばらせて身構えている。

（……えっ？）

指先に異変を感じ、秋彦の動きはとまった。あるべきものがそこになかった。パンティの中に手を入れれば、最初に触れるのは当然陰毛――のはずなのだが、素肌の感触しかしない。こんもりと盛りあがった恥丘の上がつるつるだ……。

パイパン、ということらしい。それほど驚くようなことではない。秋彦はいままでパイパンの女と寝たことがないが、昨今の女がＶＩＯの処理に熱心であることくらいは知っている。まったくなにも処理していない、すべてがナチュラルな佐奈江のような女のほうが、少数派なのではないだろうか。

気を取り直して、指をさらに奥へと這わせていく。また違和感を覚えた。くにゃくにゃした貝肉質の花びらが剥きだしになっているのはいいとして、まったく濡れていなかった。いじるのが怖いくらいに乾いている。

こんなことがあるのだろうか？

もちろん、女の濡れ具合には個人差があるだろう。だが、秋彦はなにも、無理に伊智子を押し倒したわけではない。誘ってきたのは彼女のほうだ。二十九歳の人妻が、欲情もしていないのに誘ってくるだろうか？

いったん、右手をパンティの中から抜いた。伊智子の顔を見たが、きつく眼を閉じたまま、瞼をもちあげる気配もない。アイコンタクトがとれないので、彼女の気持ちがわからない。

こういう場合、男がとるべき選択肢はふたつある。指に唾液をつけて手マンを続けるか、クンニリングスで潤してやるか……。

秋彦は後者を選択し、上体を起こした。眼を閉じて全身をこわばらせている伊智子から、パンティを脱がしにかかった。両サイドをつかんでも伊智子は腰をあげてくれなかったが、強引にずり下ろしてしまう。

「いっ、いやっ……」

伊智子は両手で顔を覆い隠した。人妻らしからぬおぼこい反応だったが、秋彦はもう、胸底で苦笑する余裕がなかった。

いままで水色のパンティに隠されていた部分に、視線は釘づけだった。陰毛のない、真っ白い股間だ。

恥丘がつるつるなのは想像がついたが、両脚をまっすぐ伸ばしているにもかかわらず、割れ目の上端が見えていた。アーモンドピンクの花びらが、ちょっとだけはみ出している。

（エッ、エロすぎるだろ……）

スレンダーなスタイルに長い美脚はマネキンのような美しさなのに、そこだけにはナマ身の女が息づいているようだった。秋彦はすかさず伊智子の両脚をつかみ、M字に割りひろげていった。

「いっ、いやっ……やめてっ……」

伊智子は両手で顔を覆い隠したままいやいやと身をよじったが、耳を貸すつもりはなかった。これほどあからさまな「いやよいやよも好きのうち」も珍しい。自分から誘っておいて、股間を見られるのを本気で嫌がる人妻なんているものか。

「あああっ……」

両脚をM字に開ききると、悲愴感漂う悲鳴があがった。それにもまた、秋彦の耳には届かなかった。

（すっ、すげえ……）

初めて生身で見るパイパンの女性器──いままで秋彦は、女の股間には陰毛があったほうがいやらしいと思っていた。いかにも秘所という淫靡さがあるし、欲情するほどにじめじめ湿っていくのもエロい。

陰毛のない剝きだしの割れ目は、ピンク色の薔薇のつぼみのように美しかった。淫靡さがないかわりに、美しさと清潔感が際立っている。

乳首はあずき色でも、花びらには色素沈着やくすみがないせいで、よけいにそう感じるのかもしれない。毛がないだけで女性器というのはこんなにも様子が変わってしまうのかと、驚愕を隠しきれない。

「ジロジロ見ないでって言ってるじゃないですか……」

伊智子は顔を隠したまま、震える声で言った。こちらを見ていないのに、どうしてジロジロ見られているのがわかるのだろうかと秋彦は思った。見ていなくても、感じているということか。この熱い視線を……。

右手を伸ばしていき、親指と人差し指を割れ目の両側に添えた。アーモンドピンクの花びらは色艶がいいだけではなく、縮れが少なく肉厚で、綺麗な左右対称だった。輪ゴムをひろげるように、割れ目をひろげていった。

つやつやと輝く薄桃色の粘膜が、恥ずかしげに顔をのぞかせた。表面は乾いていても、中はそれなりに潤っているようだった。いったん割れ目を閉じてから、秋彦は舌を伸ばしていった。男を魅了してやまない縦筋を、ツツーッと舐めあげていく。

「んんっ！」

伊智子が腰をひねった。脚も閉じようとしたが、もちろんそんなことはさせない。

細い太腿を両手でつかみ、逆にぐいぐいとひろげながら、ツツーッ、ツツーッ、と舌を這わせる。

普通のクンニなら、尖らせた舌で触るか触らないかぎりぎりのところを狙うのだが、いまの目的は伊智子を濡らすことである。舌腹で唾液を付着させるように舐めあげ、それを何度か繰り返してから、花びらの片方を口に含んだ。

しゃぶりながら、必死になって唾液を分泌させた。意識するとあんがい出ないものだが、心許ない伊智子の蜜となんとか混じりあわせる。

時間をかけて左右ともにしゃぶりあげると、花びらは蝶々のような形に開いた。薄桃色の肉ひだだが、渦を巻いているのが見える。本当にピンクの薔薇の花のように綺麗だった。陰毛がないせいだけではなく、伊智子は匂いも薄いようで、いやらしいことをしている気がしない。

とはいえ、薄桃色の粘膜やクリトリスを執拗に舐めていると、伊智子は新鮮な蜜を漏らしはじめた。唾液とは違う、あきらかに女の欲情を示す分泌液が、割れ目のまわりをヌルヌルさせている。細い太腿を時折ぶるっと震わせているから、伊智子も感じているのだろう。

となると、次は指を入れるか。あるいは思いきってマンぐり返し——ニヤけてしまいそうになる。パイパンの股間と伊智子の美しい顔が喜悦に歪むところを同時に拝めるなんて、いつになくエキサイティングなプレイになりそうだ。

「先輩！」

肩を叩かれた。

「もう……来て……」

「えっ？」

意味がわからず、キョトンとしてしまう。

「わたし、もう濡れてるでしょ？　いっ、入れてくださいよ……早く先輩とひとつになりたい……」

秋彦は内心で首をひねった。どう見ても、伊智子が挿入をねだるほど高まっているようには見えなかった。クンニを始めて、まだ十分も経っていない。普通なら、女にいろいろな格好をさせて、三十分は舐めている。なんなら指と舌で一度イカせてしまったほうが、挿入後に充実した時間を過ごせるというのが、経験値からはじきだした秋彦のセックスマナーだった。

つまり、伊智子は恥ずかしがっているのだ。十二年ぶりに再会した高校時代の先輩に、これ以上舐めまわされたくないらしい。

それならそれで、その気持ちを汲んでやらなければならなかった。無理やりクンニを続けたところで伊智子の気持ちが冷めてしまっては元も子もないし、現状の濡れ方でも挿入できないことはない。ひとつになって腰を振りあえば、伊智子だって我を忘れて快楽に没頭できるだろう。

5

伊智子の両脚の間に腰をすべりこませた。勃起しきったペニスを握りしめ、切っ先を割れ目にあてがった秋彦は、ごくり、と生唾を呑みこんだ。

(見れば見るほど……いやらしいな……)

陰毛のない女の股間は人形のようでいて、人形ではない。恥丘はつるんとしていても、その下には男を迎え入れる淫らな器官が熱く息づいている。

「いっ、いくよ……」

声をかけると、伊智子はうなずいた。もう両手で顔を隠していなかったが、眼はつぶっていた。美しい小顔が生々しいピンク色に染まりきり、期待と不安にこわばっている。当たり前だが、彼女のこんな顔を見るのは初めてである。

美しさとエロスが絶妙に混じりあい、一瞬見とれてしまった。この顔を思いだすだけで、これから何十回、何百回とオナニーできるに違いない。願わくば眼を開けてほしいが、きっと恥ずかしいのだろう。秋彦は視線をからめあいながらセックスするのが好きだが、彼女もそうとは限らない。無理強いはよくない。

「むううっ……」

息をとめ、腰を前に送りだしていく。好きな女に初めてペニスを挿入するときほど、心躍る瞬間はない。剝きだしの割れ目に、ずぶっ、と亀頭を埋めこむと、いつだって新しい世界の扉が開かれる。これでもう、自分と彼女は他人ではないという実感が、胸を熱くする。人間関係の中でもっとも濃厚な絆《きずな》が結ばれ、お互いが本能を剝きだしにして、めくるめく共同作業が始まる。

「んんんっ……んんんんっ……」

ペニスを奥に入れていくほどに、伊智子の顔はピンクから赤へと変わっていった。眉根を寄せた顔が苦しげなのは、結合感がきついからか？　濡れ方が充分ではなかったらしく、肉と肉とがひきつれる。秋彦はなるべく伊智子に負担をかけないように、ペニスを小刻みに出し入れしながら、ゆっくりと奥へ進んでいく。

「んんんんんーっ！」

ペニスを根元まで沈めこむと、伊智子は紅潮した顔をぎゅっと歪めた。彼女は眼をつぶったままだが、秋彦はまばたきもできなかった。伊智子の表情の変化を見ているだけで、ペニスがどこまでも硬くなっていく。結合直後には本来、じっとしたまま肉と肉とを馴染ませる時間が必要だ。そのほうが女も感じやすいとわかっているのに、我を忘れて腰を動かしてしまう。

（たっ、たまらない……たまらないよ……）

限界まで硬くなった肉の棒で、薔薇のように美しい女の部分をしたたかに穿《うが》った。

挿入は上体を起こして行なったが、腰を動かすと同時に伊智子に覆い被さった。右手を彼女の頭の後ろに通し、華奢《きゃしゃ》な肩を抱くようにして、抜き差しのピッチをあげていく。

（本当に綺麗な顔だよな……）

息のかかる距離に、伊智子の美貌はあった。歪んでなお、造形美がよくわかる。腰を動かしながら、うっとりと見とれた。しかし、桃源郷《とうげんきょう》にいるような気分でいられたのは、一分かそこらのことだった。

なにかがおかしかった。

伊智子の反応が薄いのだ。美しい小顔はぎゅっと歪んだまま固まって、それ以上の変化を見せない。秋彦は腰を動かし、渾身《こんしん》のストロークを送りこんでいる。普通なら喜悦に身をよじったり、感極まった表情でキスを求めてきたり、こちらの体に必死にしがみついてきたりするのに、そういう反応が、ない。

（なっ、なんなんだ？　気持ちよくないのか？）

挿入時は肉と肉がひきつれていたけれど、いまは充分に蜜が分泌されてスムーズに抜き差しできている。気持ちがよくないはずはないのに、伊智子は反応しないばかりか、歪んでいた表情まで元に戻ってきた。眼を開けて、こちらを見た。

「気持ちいい？」

「あっ、ああ……」

秋彦は反射的にうなずいた。

「とってもいい……うん……」

「じゃあ、出してもいいよ」

伊智子は小さく息をはずませながら言った。

「でも、外に出してね。中はダメだからね……」

「あっ、ああ……」

秋彦はパニックに陥《おちい》りそうだった。相手は人妻、膣外《ちつがい》射精は当然のマナーとしても、フィニッシュに辿りつける気がしない。どちらかと言えば早漏《そうろう》気味なのに、いまばかりは白濁液を放出する瞬間が、一万光年も遠く感じる。

セックスはお互いに感じ合わなければつまらない。ただ射精するだけなら、オナニーのほうがずっと効率的だ。だから男は、頑張って前戯に励む。相手に気持ちよくなってほしいという思いももちろんあるが、相手が感じれば感じるほど、燃えあがればあがるほど、自分も夢中になれるからである。

伊智子ほど反応の薄い女と、いままでセックスしたことがなかった。三十歳ともなれば、恋慕の情を募らせた相手とばかりと枕を交わしたわけではない。自慢できるほど数は多くないけれど、ゆきずりの女と寝たこともあれば、風俗店を利用したこともある。素性も知らない出会ったばかりの相手とでも、仕事でベッドインしている商売女とでも、これほど盛りあがらなかった記憶はない。

「いいよ……気持ちよかったら……出していいよ……」

伊智子はこちらを見つめながら、うわごとのように言ってくる。言い方が甘やかでも、要するに早く出せと命令しているのだ。わたしみたいにいい女が相手だと、すぐに出ちゃうんでしょ？　出しなさいよ、ほら……。

（まっ、まずいぞ、これは……）

ムキになって腰を動かしているので、秋彦は顔も体も汗みどろだった。その汗が急に冷たくなっていくように感じた。

射精なんてできそうにないが、しなければしないで伊智子を傷つけてしまいそうだった。わたしが相手じゃ出せないんだ！　と怒りだすのは眼に見えているし、泣かれたりしたらもっと始末が悪い。なだめる自信がまったくない。

かくなるうえは……。

秋彦は右腕で伊智子の肩を抱いていた。それを引き寄せ、頬と頬とをくっつける体勢になった。そうしておいて眼をつぶる。最低のことをしている自覚はある。だが、閉じた瞼の裏に自分を奮い立たせる淫らな妄想でも思い浮かべなければ、射精なんて絶対にできない。

佐奈江を思い浮かべた。

可愛い顔をしているくせに、セックスが大好きな隣の人妻だ。

伊智子がスレンダーなスタイルなのに対し、佐奈江はメリハリの効いたグラマラスボディの持ち主——どちらが好みなのかは、あえて言うまい。そういうことではなく、同じ人妻でも、佐奈江はいつだってセックスを楽しもうとしている。欲求不満が溜まっているのだろうし、浮気をしている後ろめたさを吹き飛ばしたいのかもしれないが、とにかく我を忘れて燃え狂う。

最初のセックスからして強烈だったが、体を重ねるほどに彼女は大胆になり、淫らな本性を隠しきれなくなった。中でも先週の週末、つまりいちばん最近の逢瀬《おうせ》は、すさまじいインパクトだった。

「ねえねえ、ちょっとこれ見てくれない……」

隣の家にあがりこむなり、佐奈江は一台のノートパソコンを持ってきた。いつになく表情が険しかった。

「夫のおさがりなの。自分は新しい機種を買ったからって、わたしにくれたわけ。それはいいんだけど、履歴に残っていたのがいやらしいサイトばっかり。お気に入りは全部消してあったけど、履歴は消し忘れって、馬鹿よねえ……」

佐奈江は「いやらしいサイト」にアクセスし、夫が観ていたらしき動画を再生した。モザイクが入っているので、表のＡＶだろう。港区あたりの高級ホテルを舞台に、妙齢のセクシー女優が、おじさん男優に奉仕の限りを尽くすという内容だった。

「わたしを放置しておいてこんなの観てるなんて、ホント失礼しちゃう。言えばなんだってやってあげるのに、なに考えてるのかしら、まったく……」

佐奈江の愚痴はとまらなかった。画面の中でおじさんに仁王立ちフェラをしているセクシー女優は若かったが、若さ以外のすべては、佐奈江のほうが上だった。顔だって綺麗だし、顔に似合わないいやらしいスタイルをしているし、みんな大好きな巨乳の持ち主でもある。

秋彦としては、夫御用達のＡＶなんてどうでもいいから、早く佐奈江を抱きたかった。週末に彼女の家に通うようになって以来、平日はオナニーを厳に慎んでいる。だから欲情のスイッチが入りやすいし、最初の一発は一週間ぶん溜めこんだ濃厚な白濁液が迸《ほとばし》る。

辛抱たまらず、「奥さん！」とむしゃぶりついていこうとすると、

「ちょっと待って」

佐奈江に制された。

「悪いけど、これ最後まで一緒に観るの付き合って。もちろん、お礼はする。この女優がやってること、あなたに全部してあげる……」

甘い声でささやきながら、ぎゅっと手を握ってくる。秋彦は「ちょっと待って」と言っている女を強引に押し倒すタイプの人間ではない。ましてや、相手は年上の人妻。おあずけを命じられた犬のように、歯嚙みをしながら我慢した。

ノートパソコンからは、AVが流れつづけていた。男優が女優をバスルームへと連れていく。湯気のたつシャワーを浴びながら、熱い抱擁、ディープキス……。

こんな焦れったいシーン、普通なら早送りしてしまうところだ。しかし、佐奈江はまなじりを決して画面を睨んでいる。しかたなく、秋彦も観るしかない。次第に、息が苦しくなってきた。考えてみれば、女とふたりでじっくりAVを鑑賞したことなんて、いままで一度もない。

しかも、佐奈江は秋彦の手を握ったままだ。お互いの汗が、じっとりと汗ばんでいくのがわかった。佐奈江はその日、オレンジ色の半袖《そで》ニットに、膝丈の白いスカートという装いだった。エプロンはしていなかった。

ニットは上半身にぴったりと張りついて、巨乳の形が丸わかりだった。スカートも、やけに下半身の肉づきのよさを強調している。佐奈江はしきりに脚を組み替え、そのたびに秋彦のほうににじり寄ってきて、体を密着させてくる。

結局、ＡＶを最後まで観ることはできなかった。

湯気のたつシャワーの下で、女優と男優が立ちバックを始めると、ふたりとも呼吸が荒くなった。お互いの心臓の音まで聞こえそうなくらい興奮していた。

佐奈江は秋彦の手を握ったまま立ちあがると、バスルームに向かった。お互いあわてて服を脱いで、熱いシャワーを浴びながら抱擁した。髪をびしょびしょに濡らしながら舌を吸いあい、体をまさぐりあって、立ちバックで繋がった。

「あううーっ！」

パンパンッ、パンパンッ、と後ろから突きあげると、佐奈江はバスルームに甲高い声を響かせた。ほとんど愛撫をしていないのに、肉穴は奥の奥までヌルヌルだった。秋彦のペニスがいつにも増して膨張しているのに、悠然と受けとめてキュッキュと締めつけてきた。いやらしすぎる結合感だった。ＡＶ鑑賞が前戯になった、ということだろう。

秋彦は蜜蜂のようにくびれた佐奈江の腰を両手でつかみ、渾身のストロークを送りこんだ。一打一打深く打ちこむたびに、ぶるんっ、ぶるるんっ、と巨尻が揺れた。熱いシャワーが頭からかかり、息が苦しかったが、かまっていられないほどの興奮状態だった。先ほどのＡＶ女優より、佐奈江のほうがずっといい女だし、乱れっぷりもはるかに上なのだ。

立ちバックはあまり得意な体位じゃないのに、溺れてしまわずにはいられなかった。秋彦は腰を使いつつ、後ろからFカップの巨乳をすくいあげた。ぎゅっと指を食いこませれば、佐奈江は嬉しそうに尻を振った。乳首をつまんで強くひねると、獣《けもの》のように咆哮《ほうこう》する。秋彦もまた、野太い声をもらして怒濤《どとう》の連打を打ちこんでいく。

なんだか、自分の中の野性が目覚めていくようだった。素晴らしいセックスとは、自分の中の野性に気づくことなのかもしれないと思った。

やがて限界が訪れると、佐奈江は結合をとき、こちらを向いてしゃがみこんだ。勃起しきったペニスを頰張り、男の精を吸いたててきた。すさまじい吸引力だった。

「おおおっ……おおおおっ……」

秋彦は佐奈江の頭をつかみ、腰を反らせて射精をつづけた。ドクンッ、ドクンッ、と口内に熱い粘液を迸らせるたび、気が遠くなりそうな快感が押し寄せてきた。

一週間ぶん溜めこんだ濃厚な精液を、佐奈江は一滴残らず吸いあげると、ためらうことなく嚥下《えんげ》した。立ちバックで彼女をイカせることはできなかったが、なにも気にしていないようだった。

ふたりの週末は、まだ始まったばかりだから……。

第三章　電マとロープと人妻

1

　このところ、秋彦の帰りは遅い。

　劇団が新作の準備に入ったからで、普段は午後四時過ぎには帰宅しているのに、終電近くになることも珍しくなかった。

　そうなると、自炊をするのがたまらなく面倒であり、最寄りの駅を降りたところにある、激安居酒屋に立ち寄ることになる。深夜二時まで営業しているうえ、ドリンク三杯とつまみ二品で千円ぽっきりという、千ベロセットなるものがある。多忙かつ懐が寒い独身男性の強い味方だ。

　秋彦はたいてい、モツ煮込みとポテトサラダ、そして酎ハイを頼む。焼酎濃いめの無料サービスをお願いすると、ほとんど合法麻薬と言われているストロングゼロより効くから、疲れた体によく染みた。

「……ふうっ」

三杯目の酎ハイに突入するころには、たいてい日付をまたいでいる。潮《しお》が引いていくように、店内が静かになっていく。先ほどまで隣席で飲んでいた大学生らしきカップルも、お互いの体にしがみつくようにして帰っていった。近くに住んでいるのだろうか？　そしてこれから、若さにまかせた肉弾戦が繰りひろげられるのか？

セックス――それはいつだって男にとって悩ましい。

相手がいなければ淋しいし、情を交わした相手に裏切られると胸を掻き毟りたくなる。身も心も溶けあうような、あの熱い夜はなんだったのだ！　と叫びたくなるような仕打ちを、秋彦はいままで何度も受けたことがある。

思いだすだけで目頭が熱くなりそうなつらい経験だったが、いま抱えているセックスの悩みも、なかなかにややこしいものだった。

先週、伊智子と寝た。

高校時代の憧れのマドンナ、初恋の君、性格はともかく見た目だけは美しすぎる演劇部の絶対的ヒロイン――どんな言い方をしてもいいが、そういう女が偶然にも隣に住んでいて、十二年ぶりに再会した。

誘われて、セックスした。

伊智子はいろいろ言っていたが、要するに彼女は、離婚調停中で心身ともに疲れていたのだろう。そうであるなら昔のよしみで慰めてやるのはやぶさかではなかったし、二十九歳になったいまも伊智子の美貌は衰え知らずで、裸を見ただけで鼻血が出そうなほど興奮した。

しかし、慰めてやれなかった。秋彦は伊智子を抱きながら佐奈江とのセックスを思いだし、なんとか射精だけは遂げたものの、終わったあとの空気は、二月の八甲田山にふたりきりで取り残されたように凍《い》てついていた。

「わたし、抱き心地悪いですか？」

遠い眼で天井を眺めながら、伊智子が訊ねてきた。

「いや、そんなことは……」

秋彦は即座に否定したが、盛りあがらないセックスをしてしまった事実を覆すことはできなかった。必死に言い訳を考えた。

「なんていうかその、俺もエッチするの久しぶりだったし……ちょっと照れちゃってさ……こっちに問題があったんだよ……悪かったな、下手なやり方で……」

伊智子は黙っていた。こちらに顔も向けない。

「それにほら、セックスって相性があるじゃないか？　体の相性……それが合わないんじゃないかなあ、俺たち……」

いくら言い訳してみたところで、秋彦の中の結論はすでに出ていた。

伊智子はマグロなのだ。

不感症とまでは言わないが、セックスを楽しむためのなにかが欠落している。同じ人妻でも、佐奈江と比べると、欲望を満たそうとする貪欲さが圧倒的に足りない。こうすれば自分が興奮するとか、あるいは相手がいやらしい気分になるだろうとか、そういうことを一度も考えたことがないのではないか。

要するにセックスに向いていないのだ。もちろん、そのこと自体を責めることはできない。セックスだけが人生じゃないし、セックスにのめり込まずとも幸せに暮らしている人間なんて、世間にはいくらだっているはずだが……。

(どうもおかしいと思ってたんだよな……)

伊智子が男に大事にされていない、という話に、秋彦は深い疑問を抱いていた。彼女は性格が悪い。生意気だし、無神経だし、美人を鼻にかけているから、殴りたくなる男の気持ちはわからないでもないが、だからと言って本当に顔面を殴打したりするだろうか？　神様が精魂込めて造りあげたような、あの美しい顔を……。

しかも、殴った原因は、浮気が発覚しての逆ギレだという。

秋彦だって男なので、毎日フレンチのフルコースでは飽きてしまうから、たまにはお茶漬けが食べたくなるという男性心理はよくわかる。それにしたって、浮気をされたのが初めてではなく、前に付き合っていた男にもされたらしい。となると、伊智子その人に、浮気をされやすい原因がある、とは考えられないだろうか？

性格が悪い、という以外にも……。

抱き心地が極めてよろしくないという……。

男は基本的に、抱き心地のいい女を大事にする生き物だ。逆に言えば、夜の営みがつまらない女には、とことん冷たくなれる……。

「すいません、酎ハイおかわり。焼酎濃いめで」

飲まずにいられれず、追加料金を払って四杯目を頼んだ。

もちろん、秋彦自身が口にしたように、こちらにも問題があるのかもしれなかった。どんな女でもメロメロにさせるテクニックがあるわけではないし、ペニスのサイズだってごく普通だろう。それはそうなのだが、いままであれほど盛りあがらないセックスをしたことがないというのも、まぎれもない事実なのである。

（もう会わないほうが、いいのかもしれないな……）

秋彦はすっかり自信を失ってしまった。幸いというべきか、このところ帰宅時間が遅いので、伊智子とばったり顔を合わせることはない。しんと静まり返った彼女の部屋の前を通りすぎるとき、安堵している自分がいる。

離婚調停中の伊智子は、これから正式に離婚し、いまよりもっと淋しい思いをするに違いない。できることなら、そんな彼女の心の支えになってやりたかった。しかし、セックスがうまくいかないとなると、どうしていいかわからない。セックス抜きで、女を慰める方法を秋彦は知らない。

これが男と女の限界なのかもしれなかった。

男友達が悩んでいたり、落ちこんでいるのなら、酒を飲んで馬鹿騒ぎをするとか、夜明けまで泣き言を聞いてやるという慰め方もある。なんなら、一緒に泣いてやったっていい。

しかし、相手が女となると——それも、自分の容姿に絶対の自信をもっている伊智子のようなタイプとなると、「こんなに仲よくなったのに、どうして手を出してこないわけ？」と怒りだすに決まっている。「わたしを女として見られないの？　眼科に行ったほうがいいと思うけど」と。

よくも悪くも、彼女はそういう女なのである。

2

週末がやってきた。

遅く起きた土曜日、一週間ぶん溜めこんだ家事を片づけ、だいたい午後三時ごろに、隣家の呼び鈴を押すのがルーティーンだ。

佐奈江はいつも笑顔で迎えてくれるが、それも束の間、夕食前に一回戦。食事を終えて二回戦、三回戦……彼女の家の寝室は二階にあるが、そこには入らない。さすがに夫婦の閨房《けいぼう》を使うのは佐奈江も後ろめたいようだし、秋彦にもしても乗り気がしないから、濃厚なセックスを楽しむ主戦場は、リビングのソファだ。さらにはバスルーム、あるいは洗面所の鏡の前……。

リビングのソファはフラットに倒せるので、精根尽き果てるまで腰を振りあうと、そこに毛布を持ちこみ、身を寄せあって眠りにつく。翌朝、眼を覚ますと五回戦が始まる。終わっても名残惜しさになかなか抱擁をとけないが、涙を呑んで昼前には帰宅する。

まったく夢のような週末だった。

相手が人妻である以上、この関係がいつまで続くかはわからないが、楽しめるうちは楽しんでおこうと思う。最初こそ、佐奈江の夫に対する罪悪感もあったけれど、いまはもうない。佐奈江も佐奈江で、全力で浮気を楽しんでいるからだ。

「やっぱり、女にセックスは必要ね。夫に放っておかれてやり方も忘れてそうだったけど、あなたに抱かれてからお肌の調子がとってもいいの。ううん、お肌だけじゃないなあ。なんかもう、毎日意味もなく元気いっぱいで……」

口癖のようにそんなことを言ってくるので、次第に罪悪感は薄らいでいった。むしろ、欲求不満の人妻を満たしてあげているのだから、いいことをしているような気さえした。

（そろそろ行ってもいいかなあ……）

逸る気持ちで時計を見ると、午後二時四十分だった。早めに行くのは飢えているようで恥ずかしいが、欲求不満の人妻が求めているのは飢えた狼。それに、秋彦は実際に飢えている。一週間のオナ禁生活のせいで、まだ佐奈江に会ってもいないのに、風に吹かれただけで勃起してしまいそうだ。

ピンポーン、と呼び鈴が鳴り、秋彦の表情はにわかに曇った。

この部屋の呼び鈴を押すのは、新聞の勧誘かＮＨＫの集金、いずれにしろ招かざる客だ。あるいは宅配便だが、このところ通販で買物はしていない。

嫌な予感がした。新聞やＮＨＫなら追い返せばすむ話だが、それ以外の可能性もなくはなかった。

伊智子である。

掃除機をかけたり洗濯機をまわしたので、在宅の気配は伝わっているだろう。話があるならやってきてもおかしくない。なんの話だろう？　しらけたセックスしかできなかった男と女に、交わす言葉などあるのだろうか？

ドアスコープをのぞいたが、なにも見えなかった。指で塞がれている。なのに呼び鈴は鳴る。ピンポンピンポンピンポンと耳障りなほど……こんなことをしそうなのは、伊智子以外には考えられない。

深い溜息がもれたが、居留守を使うわけにもいかず、ドアを開いた。そこにいたのは伊智子ではなく、佐奈江だった。三十代半ばにしては、無邪気すぎる笑顔を浮かべてもじもじしている。

「来ちゃった」

アヒル口を可愛らしく尖らせて言うと、そそくさと玄関に入ってきた。秋彦の肩に手を添え、隣まで来るにしてはドレッシーすぎる靴を脱いだ。黒いハイヒールで、踵《かかと》が十センチ以上ある。ワンピースは秋らしい臙脂《えんじ》色。ストッキングが黒いせいか、いつもより大人びて見える。

「ちょ、ちょっと待ってくださいよ……」

秋彦は苦笑した。

「いまそっちに行こうと思ってたのに、どうしたんですか？」

「今日は秋彦くんちでしましょうよ」

恥ずかしげに長い睫毛を伏せて言ったが、眼つきがどうにもいやらしい。

「うちだとほら、ベッドが使えないでしょ。たまには思いっきり手脚を伸ばして楽しみたいの」

「いっ、いやあ……」

秋彦は困り果てた顔で頭をかいた。

「うちにもないんですよ、ベッドは……」

それどころか、まともな家具がひとつもない殺風景な部屋だった。リビングの食卓は段ボール箱だし、寝室には敷きっぱなしの万年床とぶら下がり健康器があるだけ。ミニマルライフと言えば聞こえはいいが、佐奈江の自宅と比べるとあまりにもみすぼらしく、部屋に通すのが恥ずかしい。

「ベッドがないって、じゃあどうやって寝てるわけ?」

「布団です。いつも干してるじゃないですか」

「掛け布団だけじゃなくて、敷き布団も干してたっけ? まあ、いいじゃない。わたし、お布団でも全然オッケー。温泉旅館みたいで燃えちゃいそう」

佐奈江は歌うように言うと、秋彦の脇をすり抜けて勝手に部屋に入っていった。鼻歌まで歌いだしそうな機嫌のよさで、部屋のレイアウトを知っているはずがないのに、寝室までまっすぐに辿りついた。

「ふふっ、本当になにもないのね」

部屋を見渡した佐奈江は、どこまでも楽しそうだ。

「ストッキング、大丈夫ですか？」

寝室は畳敷きだった。少し毛羽立っているから、極薄のナイロンが伝線してしまわないか心配になる。

「伝線したっていいのよべつに。それよりほら……」

佐奈江は両手をひろげ、抱擁を求めてきた。

「まいったな、もう……そんなにあわてないでください……来るなら来るって、先に言っといてくれればいいのに……」

秋彦は抱擁に応えられなかった。その前にしなければならないことがある。掃除はしたばかりだからいいとして、布団カバーやシーツを洗濯済みのものに替えたい。フレンチトーストの甘い匂いが漂ってきそうなステキ主婦を、男くさい寝具で穢《けが》したくない。

押し入れの襖《ふすま》を開けて、探した。

「うわー、部屋はきれいなのに、押し入れの中はぐちゃぐちゃ」

後ろからのぞきこんできた佐奈江が、クスクスと笑う。

「見ないでくださいよ。恥ずかしいから」

秋彦は顔が熱くなるのを感じた。笑われてもしかたがなかった。押し入れの中には整理棚もなく、洗濯済みの服が畳まずに放りこんであるだけなのだ。さすがに布団カバーやシーツは畳んであるはずだが、どういうわけかなかなか見つからない。

「いいじゃないの。整理整頓が大好きな、潔癖症の男なんてわたし嫌い。女の出る幕がなくなっちゃうもの」

佐奈江は秋彦を押しのけると、丸まった衣服を畳みはじめた。ありがたいというより、恥ずかしかったし、情けなかった。とはいえ、秋彦がいままで付き合ってきた女の中に、洗濯物を畳んでくれた女なんていなかった。家庭的な女とは、とことん縁がなかったのである。

(かっ、可愛いな……)

洗濯物を畳んでいるだけなのに、その後ろ姿に見とれてしまう。ハーフアップにした栗色の長い髪、臙脂色のワンピースの艶やかなボディライン。とくに、腰のくびれとヒップのボリュームがエロティックすぎる。

秋彦はいままで、顔の見えないバックスタイルがそれほど好きではなかった。佐奈江と関係ができて好きになった。顔が見えなくても、後ろ姿だけで佐奈江はセクシーな魅力にあふれている。

(さっ、触っちゃおうかな……もう布団カバーとかシーツなんて、どうだっていいや……)

プリンッと丸みを帯びた尻を、撫でまわしたくてしようがなかった。後ろから巨乳をまさぐるのもいい。佐奈江は男の世話を焼くのが好きなようだが、セックスはもっと好きだ。感じはじめたら、畳みかけの服のことなんて忘れてしまうに違いない。

「やだ、これなに？」

佐奈江が段ボール箱の中をのぞきこんでいった。

（うっ、嘘だろ……）

秋彦の顔から、サーッと血の気が引いていった。その段ボール箱には、他人に見られてはいけないものが入っていた。

ラブグッズである。大人のオモチャとも呼ばれているヴァイブ、ローター、電気マッサージ器……。

そういった淫らな小道具をセックスに用いることを、秋彦は好まない。はっきり言って使ったことがない。にもかかわず押し入れの中に入っていたのは、元婚約者であるイカれた女、亜希が大量に買ったからだった。秋彦のスマホで通販サイトにアクセスし、勝手にバンバン注文した。使ってみたかったようだが、使う前に浮気が発覚し、彼女との結婚は破談になった。

歯ブラシだの化粧品だの着古したTシャツだの、亜希が部屋に残していったものは、すべて早々に処分した。しかし、ラブグッズだけはできなかった。まだ未使用・未開封だったし、合計で三万円近くもしたので、捨てるに捨てられなかった。捨てるにしても、燃えるゴミに出せばいいのか、それとも燃えないゴミなのか判然とせず、結局新居にまで持ってきてしまったのである。

「秋彦くん、こういう趣味があったんだ？」

佐奈江に横眼で睨まれ、

「ちっ、違うんですよ……」

秋彦はあわてて弁解した。元の恋人が勝手に買い、未使用のまま別れた顛末を面白おかしく話したつもりだったが、佐奈江はクスリとも笑わなかった。弁解しながら、秋彦はもう少しで卒倒しそうだった。

佐奈江は人並み以上に性欲が強く、セックスが大好きだが、変態性欲者ではない。そういう素振りを見せたことがないから、たぶん毛嫌いしている。

欲求不満の浮気妻にも、変態を軽蔑する資格はあるだろう。生理的に受けつけない、というやつだ。顔を見ればわかる。虫も殺さないような顔をしていて、変態だったら逆に驚く。

「こういうの使ってる人って、本当にいるんだ」

使い古しの雑巾をつまむようにして、佐奈江はローターの入っているビニール袋をつまんだ。

「だから！　僕は使ったことないですって」

「使ってみたいとは思ったんでしょう？」

「思ってませんよ」

「嘘おっしゃい。別れた元カノ、隠れてこっそりあなたのスマホで買物したわけじゃないでしょう？」

それはそうだった。目の前でポチられた。秋彦はやめてくれと何度も頼んだが、本気でやめさせようとしていたのかと問われたら、首肯《しゅこう》する自信はない。

「別れなかったら、絶対いまごろ使ってたわよ」

「……そうかもしれません」

降参するしかなかった。

「決して自発的ではなかったですが……軽蔑してください。僕は最低です」

「自発的では、なかった？」

佐奈江は見たこともないような怖い眼つきになると、段ボール箱からまたなにかをつまみあげた。

秋彦は、今度こそ本当に卒倒しそうになった。

佐奈江がつまみあげたものは、人形だった。人形劇団でお払い箱になった古い女の子の人形だ。いまのいままでそこにしまってあったことすら忘れていたが、元はお姫さまのドレスを着ていた。いまは肌色のボディが露わで、赤い毛糸で縛りあげられている。普通の縛り方ではなく、SMプレイで言うところの亀甲縛りだ。股間に食いこんでいる赤い毛糸が禍々《まがまが》しい。

（もっ、もうダメだ……）

どうやら、佐奈江に愛想を尽かされる覚悟を決めたほうがよさそうだった。

亜希が通販サイトで買い求めたラブグッズの中に、真っ赤なロープが混じっていた。緊縛プレイ用のロープである。どうしてそんなものを買い求めたのかわからないが、それを見た瞬間、秋彦の中で暗い欲望に火がついた。

浮気が発覚する前から、秋彦は亜希にさんざん振りまわされていた。浮気をほのめかされたことも、一度や二度ではない。そんなわがまま娘をお仕置きするのに、SMプレイはうってつけのように思われた。

誓って言うが、秋彦はそれまでSMに興味をもったことなんてない。そんな欲望を抱いたのは、亜希と付き合っていたごく一時期限定である。亜希を縛りあげ、辱《はずかし》めるところを想像すると、どういうわけか異常に興奮するのだった。

自分ひとりの欲望なら、ただ興奮していただけかもしれない。しかし、真っ赤なロープを買い求めたのは、亜希だった。彼女もまた、心のどこかにお仕置きされたいという願望を抱えているのかもしれないと思った。わがままな自分をもてあまし、秋彦に対する罪悪感があったというか……。

ならば、と秋彦は縛り方の研究を始めた。ＳＭクラブに行くのは予算の都合で無理だったので、ネットで情報を漁り、人形相手に日々研鑽を続けた。元来手先が器用なこともあり、ひと月ほども夜な夜な人形を縛っていると、これなら人間相手でも縛れるかもしれないと思えるようになった。亜希の浮気が発覚しなければ、おそらく彼女を縛っていただろう。

しかし、彼女を失うと、そういったサディスティックな欲望は煙のように消えてなくなった。秋彦は、誰でもいいから縛ってお仕置きがしたかったわけではない。わがままな亜希であればこそ、泣きじゃくるまで辱めてみたかったのだ。

「こういうこと、してみたかったのね？」

佐奈江が、亀甲縛りも禍々しい人形をぶらぶらさせながら言った。

「女を恥ずかしい格好にさせて、ヴァイブなんかでいじめてみたかったんだ？」

「……はい」

秋彦はうなずき、がっくりとうなだれた。もはやなにを言っても誤魔化せる気がしなかった。心の中で、さようなら、と佐奈江に手を振っていた。

「正直、やってみたかったです。軽蔑してください。僕は変態なんです……」

「ふーん……」

佐奈江は秋彦に近づいてくると、耳元でそっとささやいた。

「わたしにやってみても……いいよ」

3

「さっ、佐奈江さん、SMに興味なんてあるんですか？」

秋彦が驚嘆に声を震わせると、

「ないわよ」

佐奈江はきっぱりと言いきった。

「でも、たまにはそういうことしてみてもいいかな、って思っただけ。秋彦くんがそんなにやってみたいなら」

「いやべつに……そこまでやりたいわけじゃ……」

「やりたくないの？」

邪気のない眼で見つめられ、秋彦は一瞬、言葉を返せなくなった。佐奈江は縛りあげて辱めてやりたくなるようなタイプとは正反対、お互いを慈《いつく》しみながら求めあうセックスでこそ輝き、燃える女なのだが、巨乳だった。臙脂色のワンピースに包まれているふたつの胸のふくらみは、今日も悩殺的に迫りだして、服を脱ぐ前から重量感をまざまざと見せつけてくる。

縛りたくなった。緊縛の練習に使っていた人形には、当たり前だが胸がなかった。男のようにつるんとした胸板があるだけなので、乳房のような隆起があればもっと縛り甲斐があるのに、とよく思っていたものだ。

「そっ、それじゃあその……ちょっとだけ縛らせてもらっていいですか？　佐奈江さん、きっと似合うと思うんで……」

「なによそれ？」

佐奈江がクスッと笑う。

「ロープで縛るのに、似合うとか似合わないとかあるの？」

「ありますよ」

秋彦は真顔でうなずいた。

「やっぱりその……グラマーな人のほうが似合うと思います。ガリガリに痩せた貧相なスタイルじゃ、人形と同じですから……」

思えば、亜希もそれなりにグラマーだった。小柄だったのでトランジスタグラマーということになるのだろうか。それも彼女のチャームポイントのひとつだったが、佐奈江には遠く及ばない。全体的なボリュームも、熟れたボディラインが醸しだす色香も、佐奈江のほうがずっと上だ。

「じゃあ……脱ぐね」

欲情をもてあましている昼下がりの人妻は、早くも瞳を潤ませてささやくと、こちらに背中を向けてワンピースのホックをはずした。続いて、ちりちりとファスナーがおろされていく。

（おおっ……）

チラリと見えたブラジャーのベルトは、黒だった。佐奈江はいつも、高級感のあるランジェリーを着けているが、多いのは赤系で、黒というのは珍しい。ストッキングが黒いのと、なにか関係があるのだろうか？

答えはすぐにわかった。臙脂色のワンピースが畳の上に落とされると、秋彦は眼を見開いた。もう少しで叫び声をあげてしまうところだった。

蜜蜂のようにくびれた腰に、ガーターベルトが巻かれていた。色は黒。そこから伸びた細いストラップで、セパレート式のストッキングを吊っている。巨尻をすっぽりと包みこんだパンティも黒かった。素材はシルクだろうか？　艶やかな光沢が息を呑むほどエロティックで、叫び声をあげるかわりに痛いくらいに勃起した。

佐奈江は背中を向けたまま振り返ると、

「秋彦くんのために、買ったんだからね……」

恥ずかしそうに長い睫毛を伏せて言った。

「セッ、セクシーランジェリーっていうんですか？　そんなの雑誌のグラビアでしか見たことがないですよ……」

秋彦は興奮に上ずった声で言った。嘘だった。セクシーランジェリーなら風俗店で何度か見たことがあるが、あれはもっと安っぽい代物だった。なにより、着けている女のグレードが違う。疲れきった風俗嬢ではなく、佐奈江は素人の人妻だし、容姿端麗にしてスタイル抜群。そんな彼女が浮気のためにわざわざセクシーランジェリーを買い求めたのだと思うと、秋彦は緊張した。彼女は今日、いつも以上にはじけるつもりなのだ……だからわざわざ、秋彦の部屋までやってきた……。

「どうすればいい？」

佐奈江が恥ずかしそうに訊ねてくる。

「ブラも取ったほうがいいかしら？」

「そっ、そうですね……」

ごくり、と秋彦は生唾を呑みこんだ。こんないやらしい姿をした人妻を、わざわざ緊縛する必要があるのだろうかと思った。

とはいえ、佐奈江はすっかりその気になっているようなので、縛るのは上半身だけにしようと思った。真っ赤なロープで豊満な巨乳をくびりだし、下半身は黒いガーターベルトとセパレート式ストッキング。ＡＶもびっくりな、見たこともないような卑猥な景色が拝めそうだ。

押し入れの中の段ボール箱から真っ赤なロープを取りだしてくると、佐奈江が背中のホックをはずしたところだった。少し前屈みになり、カップをはずして畳の上に落とす。

（でっ、でかい……）

何度見ても圧巻の巨乳が、その全貌を露わにした。馬乗りになって揉みくちゃにしたい衝動がこみあげてきたが、ぐっとこらえて布団の上にうながす。

「座ってもらっていいですか？」

佐奈江はうなずき、布団の上に正座した。ただそれだけのことなのに、黒いガーターベルトとセパレート式ストッキングのせいで、色香が匂いたつようだ。

秋彦は佐奈江の背後に立っていた。真っ赤なロープを操《あやつ》り、後ろから女体に巻きつけていく。

やるべきことはふたつだった。乳房の上下にロープをまわし、さらにその二本のロープをまとめるように中央でぎゅっと縛って、胸のふくらみをくびりだす。さらに、両手を背中で交錯させ、自由を奪って拘束——自分でも驚くほど、うまく緊縛することができた。おそらく、集中力が高まっているのだろう。脳内麻薬も出ているかもしれない。佐奈江のむっちりした白い肌に真っ赤なロープはよく映えたから、夢中にならずにはいられなかった。

「どうですか？」

秋彦はドヤ顔で佐奈江にハンドミラーを向けた。全身が映る姿見があればよかったが、残念ながらこの部屋にはない。

それでも、佐奈江は鏡に見入っている。次第に眼つきがトロンとしてくる。ＳＭに興味がないと言っていたが、縄化粧をされた自分の姿に興奮しているようだった。気持ちはよくわかる。秋彦としても会心の出来だった。真っ赤なロープと黒いランジェリーの、コントラストがたまらない。

「両手が動かせないのって、けっこう怖いのね……」

佐奈江が身をよじりながら言った。

「そうですよ。これでもう、佐奈江さんは抵抗できない。僕のなすがままだ。どんないやらしいことされても……」

本気で脅すつもりなど毛頭なく、からかうつもりで言ったのに、佐奈江は怯えた顔でビクッとした。その反応が、たまらなくそそった。彼女がびっくりするくらい、いやらしいことをしてやろうと奮い立つ。

押し入れの中から段ボール箱を持ってくると、畳の上に中身をぶちまけた。目立つのはヴァイブやディルド、巨大な電マ、カラフルなローターだが、他にもいろいろと入っていた。アイマスクや手錠、筆や羽根まであり、文字通りオモチャ箱をひっくり返したような状態になった。この箱を見るたびに、人の金だと思って買いまくりやがってと憤《いきどお》っていたものだが、いまばかりは亜希に感謝したい。

「これしたら、もっと怖くなりますかね？」

アイマスクを拾いあげて見せると、佐奈江はますます怯えた顔で身構えた。

「やめときます？」

「すっ、好きにすればいいじゃない」

佐奈江は顔をそむけて言った。

「どうせもう、まな板の上の鯉《こい》なんだもの。やりたいようにやればいいわよ」

可愛い顔して、あんがい気が強いというか、負けず嫌いらしい。あるいは、やると決めたらとことんやり抜くのが、彼女の性分なのだろうか？　いずれにしろ、エキサイティングな時間になりそうだ。

ビニール袋からアイマスクを取りだし、佐奈江の顔に着けた。色は黒だ。彼女はまだ正座したままだった。黒いアイマスクで顔が見えなくなっても、緊張が伝わってきた。真っ赤なロープにくびりだされた豊満な双乳が、小刻みに震えている。

（エロすぎるだろ……）

緊縛された乳房はいびつな形となり、丸みを帯びた女らしさを失っている。だが、それがいい。女のイキ顔みたいなもので、苦しそうに歪めば歪むほど、それを見ている男は興奮するのかもしれない。

秋彦はまず、羽根を手にした。どぎついショッキングピンクの安っぽい代物で、実際に値段も廉価なのだろうが、アイマスクをした状態でなら、効果が期待できそうだった。

「ああんっ！」

首筋をちょっと撫でただけで、佐奈江は大仰な声をあげた。自分でもそれがわかったのだろう、すぐに唇を引き結んだが、視覚を奪われたことで全身が敏感になっているらしい。

秋彦は右手に羽根、左手に筆を持って、佐奈江をくすぐりはじめた。筆は習字に使うようなものではなく、メイクブラシのような形状で毛が柔らかそうだった。

（燃えるぜ……）

女の体をくすぐりまわしたいなんていう欲望が、自分の中にあったことに驚いた。しかし、考えてみれば、愛撫のときにフェザータッチで柔肌をくすぐるのは大好きだ。羽根や筆を使えば、指を使うよりもっとソフトにしていやらしく、女の性感を刺激できそうな気がする。

首筋、耳、胸元……さらには肩や鎖骨《さこつ》、二の腕まで、隈《くま》無く上半身をくすぐっていく。佐奈江は歯を食いしばって声をこらえ、体の反応も最小限で我慢しているようだった。ノーマルなセックスなら一瞬で火がつくくせに、やはりこういう状況になってしまうと、あえぐのが恥ずかしいのだろうか？

（焦らずじっくりだ。そのほうが佐奈江さんだって感じるはず……）

自分に言い聞かせつつも、逸る気持ちを抑えきれない。耳にふうっと吐息を吹きかけると、佐奈江はビクンッとしてくびりだされた乳房を揺らした。

その裾野をピンクの羽根でくすぐっていく。もう一方の隆起には筆。ロープにくびりだされていなければ、佐奈江の乳房の裾野はうっとりするほどの丸みを帯びているが、いまは無残に歪んでいる。乳暈を中心にして円を描くように、羽根と筆を操る。

「くっ……くくうっ……」

佐奈江がいよいよ、声をこらえきれなくなってきた。体も動きだしている。くすぐったさをこらえるように身をよじり、歪んだ乳房をわななかせる。

たまらない光景だった。

興奮のあまり、秋彦の額にはじっとりと汗が浮かんできた。暑くなってきたので、服を脱ぎ、ブリーフ一枚になる。パンツ一丁で片手に羽根、片手に筆を持って女体をくすぐっている姿はさぞや滑稽だろうが、佐奈江はなにも見えないので問題ない。

「あああああーっ！」

満を持して左右の乳首をくすぐりはじめると、佐奈江は甲高い悲鳴を放ち、針のむしろにでも座らされたように、布団の上で尻を跳ねさせた。

4

汗が匂ってきた。

自分のものではなく、佐奈江の発する発情のフェロモンだ。

羽根と筆で上半身をくすぐりまわされた佐奈江は、アイマスクをしていてもはっきりわかるほど顔を紅潮させ、そこに汗を浮かべていた。下半身をもじもじさせる動きがとまらず、乳首を刺激すれば淫らな声をあげる。

すでに十五分くらいは、くすぐりプレイを続けているだろうか？　焦るのは禁物とはいえ、佐奈江が正座していることが気になった。あまり長い間その姿勢を続けさせると、脚が痺れてしまう可能性がある。それは申し訳ない。

「後ろに倒れてください」

佐奈江の体を支えつつ、あお向けにうながした。黒いセクシーランジェリーに飾られた下半身が、ひときわ存在感を増す。むっちりしたグラマーなボディに、本当によく似合っている。ガーターベルトを巻いてなお、腰のくびれはくっきりしているし、量感あふれる太腿は、セパレート式のストッキングの上端にあるレースに飾られ、なおかつ少しだけ付け根の白い素肌を見せて、男心を挑発してやまない。

（真っ赤なロープと黒いランジェリーのコンボ、完璧だ……）

秋彦は血走るまなこで佐奈江を見た。ブリーフを突き破らんばかりに隆起したペニスが苦しくてしかたなかったが、かまっていられなかった。これほどいやらしい女体を好き放題にできるなんて、この先二度とないかもしれない。

いや……。

不意にある想念が脳裏をかすめ、秋彦は動けなくなった。佐奈江は人妻だから、明日のことはわからない。いつ唐突に関係が切れてしまっても文句は言えないことは承知しているけれど、佐奈江は秋彦のことを気に入ってくれているようだし、いまの感じであれば、あと二、三カ月は逢瀬を続けられるのではないか。つまり、こんなプレイに淫するチャンスも、今回限りではないかもしれない。

もちろん、そのためには佐奈江をいつも以上に満足させる必要があった。秋彦もそうだが、佐奈江もＳＭ初体験。最初においしい思いをすれば、やみつきになるのが人間の性《さが》である。

（よーし……）

秋彦はなおいっそうの気合いを入れ、ヴァイブやローター、電マをパッケージから出した。ヴァイブには電池を装塡、電マのコードは電源に繋いで、準備万端整えた。

「脚、開いてもらえますか？」

そっと声をかけたが、佐奈江はもじもじするばかりで、両脚をまっすぐに伸ばしたままだ。

「もしかして、正座して脚が痺れちゃいました？」

「……違うけど」

「じゃあ、どうして……」

「恥ずかしいの！」

珍しく、ヒステリックな声が返ってきた。

「眼が見えない状態で脚を開くの、とっても恥ずかしい……できない」

「じゃあ、アイマスク取りましょうか？」

「ダメ……」

佐奈江は首を横に振った。

「アイマスクは、ものすごく興奮する。眼が見えないせいで、こんなの初めてってくらい、体中が敏感になってる……全身が性感帯みたい……」

いったいどうすればいいのか、秋彦は困惑するしかなかった。

「むっ、無理やり開けばいいでしょう？　強引に脚を……それくらいしてよ。自分でするのは恥ずかしいから……」

なるほど、と思ったが、彼女に指示されたことが癪《しゃく》に障った。

いまは秋彦が責める側で、佐奈江は受ける側。言ってみれば、こちらがSで、彼女はMだ。SがMに指示されて動くなんて、なんだかおかしい。秋彦はべつに、佐奈江を辱めたいわけではない。しかし、彼女の言う通りにしていたら、プレイの土台が根底から崩れてしまう気がする。

ならば……。

秋彦は緊縛用の真っ赤なロープをつかみ、佐奈江に身を寄せていった。上半身を縛りあげても、まだ何本も余っていた。

佐奈江の羞《は》じらいは本物のようで、脚を開こうとしても力をこめて抵抗してきた。強引に開き、右膝にロープを巻きつける。逆の端を頭の後ろに通し、今度は左膝に巻きつけて結ぶ。

これで彼女は、M字開脚の格好で動けない。いくら恥ずかしくても、二度と脚を閉じることはできない。

「いっ、いやっ……」

佐奈江は最初、なにをされたのかよくわかっていなかったようだが、ようやく事態を呑みこんで声を震わせた。

「はっ、恥ずかしいっ……わたし、とっても情けない格好してない？　ひっくり返ったカエルみたいな……」

「大丈夫ですよ」

秋彦は苦笑した。

「正常位のときと、同じ格好じゃないですか」

言いつつも、佐奈江の羞じらう気持ちはよくわかった。正常位で性器を繋げているときには、お互いが熱狂の最中にいる。男も女も恥も外聞もなくゴール目がけて突っ走っているわけだが、いまはそうではない。恥ずかしい格好で無防備に性感帯をさらしているのは、佐奈江ひとりだけなのだ。

その姿をまじまじと見つめている秋彦は、セックスそのものとは少し違う種類の興奮を覚えていた。手も足も出なくなった女を好き放題にできるという万能感――なるほど、これがＳＭの魅力のひとつなのかもしれない。

秋彦はギラギラと眼を輝かせながら、右手で電マをつかんだ。ＳＭも初体験なら、ラブグッズの類いを使うのも初めてだった。小さなローターあたりから試してみたほうがいいような気がしたが、大は小を兼ねるという。ここは、佐奈江をＭ字開脚に縛りあげた勢いのまま、最強の武器で挑みたい。

電マは思ったより大きかった。ヘッドの部分が女の握り拳ほどもある。元来は純粋なマッサージ器として開発されたものが、セックスやオナニーの小道具に横滑りしたらしい。スイッチを入れると、ヘッドがブーンと唸った。

それほど大きい音ではないのに、アイマスクの下で佐奈江の顔がひきつった。覚悟を決めていても、やはり実際にされるのは怖いのだろうか？　視覚を奪われている状況が、不安や恐怖に拍車をかけるのか？

「あううっ！」

振動するヘッドを乳首に軽くあててやると、佐奈江は喉を突きだしてのけぞった。全身が性感帯という言葉は嘘ではないらしく、反応が激しかった。三十代半ばの人妻が宙に浮いた両脚をバタバタさせる様子は滑稽にして卑猥であり、秋彦は前のめりになって電マを操りはじめた。

上半身はすでにたっぷりとくすぐったので、今度は下半身を中心に責めたかった。振動するヘッドをヒップから内腿に這わせていった。膝と太腿の付け根を行き来させ、けれども肝心な部分には触らない。そこを飛ばして、反対の内腿に移動する。

肝心な部分――M字に開かれた両脚の中心には、黒いパンティが食いこんでいた。シルクっぽい素材で、つやつやした光沢を放っている。薄めの生地が股間にぴったりと張りついているから、こんもりと盛りあがった恥丘の形状がよくわかった。パンティを脱がせれば、可愛い顔に似合わないほどの黒々とした草むらが拝めるはずだ。

もちろん、脱がせるのはまだ早い。

秋彦は電マのヘッドを内腿にしつこく這わせては、腹部や腰なども刺激しながら、左手でふくらはぎを撫ではじめた。セパレート式の黒いストッキングに包まれた垂涎《すいぜん》の美脚を、電マに独占させておく必要はない。ざらついたナイロンの感触がたまらなくエロティックで、舐めるように手のひらを這わせてしまう。

「ううう……くぅううっ……」

佐奈江はしきりに身をよじっていた。バタバタさせていた両足も、いまはもうじっとしている。いや、ナイロンが二重になっている爪先が丸められ、力がこめられていた。足指を内側に折曲げて、なにかをこらえているのだ。

彼女は人妻だった。

女の悦びを熟知しているが、夫に放置されている欲求不満の……。

早く肝心な部分に刺激が欲しいのだ。

少しばかり恥ずかしい格好にされても、快感がなにもかも吹っ飛ばしてくれることを知っているのが人妻だった。羞じらいを凌駕するような痛烈な刺激を求め、グラマラスなボディをよじりによじる。切羽つまった欲情が、ひしひしと伝わってくる。

（そんなに欲しいなら……）

秋彦は黒いパンティに覆われた彼女の急所に狙いを定めた。電マを使うのは初めてなので、まずはどの程度の効果があるのか知りたかった。ブーン、ブーン、と唸って

いるヘッドを、恥丘の下あたりにあてがうと、

「はっ、はぁうううううーっ！」

佐奈江は驚くほど大きな声をあげ、M字開脚に拘束された体をバウンドさせた。拘束がなければ、何十センチか飛びあがったような勢いだった。

「気持ちいいですか？」

いったん電マを離してから、秋彦は訊ねた。

「どんな感じです？　初めての電マ体験」

佐奈江は言葉を返してこなかった。うーうー唸りながら、こわばらせた全身をただ小刻みに震わせるばかりだ。

一種のショック状態なのかもしれない。つまり、初めて味わう電マの刺激は、彼女の想像の上を行っていたらしい。

秋彦はあらためて、電マのヘッドを佐奈江の股間にあてた。佐奈江は反射的に両脚を閉じようとした。もちろん、できなかった。黒いストッキングに包まれた左右の膝には、真っ赤なロープが巻かれている。それが頭の後ろを通して繋がっているから、脚を閉じようとしても膝にロープが食いこむだけだ。

秋彦は本腰を入れて電マを操りはじめた。こんもりと盛りあがった恥丘からアヌスにかけて、ゆっくりとヘッドを這わせていく。途中、クリトリスの上あたりでヘッド

をとめた。十秒ほど集中的に振動を送りこんでから、再び動かしはじめる。

「ダッ、ダメッ……ダメようっ……」

佐奈江が情けない声をもらした。

「しっ、子宮がぐるぐるしてるっ……ぐるぐるしてるううううーっ！」

男の秋彦には、それがどういう状態なのかよくわからなかった。しかし、感じているのは火を見るよりもあきらかだった。

アイマスクをしてなお、顔が生々しいピンク色に染まっているのがわかった。そこに大量の汗が噴きだし、テラテラと光っている。電マのヘッドがクリトリスに近づいていくと息をとめて身構え、離れるとハアハアと激しく息をはずませる。閉じることができなくなったアヒル口からは、絶え間なく淫らに歪んだ声が迸り、いまにも涎《よだれ》まで垂れてきそうなほど唇が濡れ光っていく。

「ダッ、ダメッ……もうイキそうっ……イッちゃいそうっ……」

上ずった声で放たれた佐奈江の言葉に、秋彦は衝撃を受けた。電マをクリトリスにあててから、まだ一分くらいしか経っていない。電マとは、これほどスピーディに女を絶頂に追いこめるものなのか……。

「イッ、イクッ……イッちゃうっ、イッちゃうっ、イッちゃうっ……はぁあああっ……はぁああああああーっ！」

不自由に拘束された体をビクビクと跳ねさせて、佐奈江は果てた。緊縛されていることがとても苦しそうで、ぶるぶるっ、ぶるぶるっ、と全身を痙攣させながら、必死になって体を伸ばそうとしている。M字に開かれている両脚を伸ばし、やや丸められた腰を反り返せば、さぞ気持ちがいいだろうと、見ている秋彦も思った。

しかし、緊縛されていればこそ、体の内側で起こった爆発が無理やりに体の中に留められ、いつもとは違う衝撃を、佐奈江にもたらしているのかもしれなかった。秋彦は緊縛された経験がないのでなんとも言えないが、あえぎ声と痙攣のとまらない佐奈江を見ていると、そんなことを思わずにいられなかった。

「あああっ……あああああっ……」

股間から電マのヘッドを離すと、佐奈江は体を伸ばそうとする動きをやめた。まるで糸の切れたマリオネットのようだったが、全身の痙攣と荒々しい呼吸は、しばらくの間おさまりそうもなかった。

5

(すげえな……)

呼吸を整えようとする以外になにもできない佐奈江を眺めながら、秋彦は電マの破壊力に驚嘆していた。

佐奈江はそもそも、乱れ方もイキ方も激しい女だった。秋彦も前戯でイカせたことが何度もあるが、クンニだけでここまで強烈な絶頂に導いたことはない。イクまでの時間も短かったし、電マのごときラブグッズが存在するなら男なんていらないのではないか、と思ってしまう。

だが、卑屈になってはいけなかった。男の手によって電マ責めを受けたからこそ、佐奈江はここまで激しくイッたのだ——そうとでも思わなければやっていられない。電マはあくまで、男に与えられた武器なのである。

次の展開を考えた。

前戯でイッたあとの佐奈江は抱き心地がいちだんとよくなるから、ペニスを挿入してもよかった。しかし、電マ以外にも武器は各種取りそろっている。佐奈江があまりにあっさりイッてしまったので、こちらとしてもいささか物足りない。もう少し、この状態で責めてみよう……。

ディルドを使ってみることにした。ヴァイブに似ているが、ヴァイブのように振動したりくねったりしない。形のほうも、ヴァイブがペニスを模しているのに対し、細身のバナナのようなスマートなデザインという違いがある。色も黄色いから、本当にミニバナナのようだ。

佐奈江の股布を見た。黒いパンティはシミがわかりにくいものだが、五百円玉サイズのシミがはっきりと見えた。よほど濡らしているらしい。

秋彦は、右手を佐奈江の股間に伸ばしていった。触れる前から、いやらしい熱気と湿気が指にねっとりとからみついてきた。パンティのフロント部分に指をかけ、片側に寄せていく。

佐奈江が「ひっ」と声をあげて身構えた。目隠しに拘束の状態で性器を剥きだしにされるのは、いったいどんな気分だろう？　泣きたくなるほど恥ずかしいか？　一度イッた直後だから、早く刺激が欲しくてしかたがないか？

ミニバナナに似た黄色いディルドを口に含み、唾液をつけた。そんな必要もなさそうだったが、念のためだ。

佐奈江は陰毛が異常に濃いから、パンティを片側に寄せたくらいでは、肝心な部分を拝めない。じめじめ湿った草むらを指で掻き分け、アーモンドピンクの花びらを露出させる。

佐奈江の花びらはとても大きく、くにゃくにゃ縮れている。ただ、色素沈着が少ないので、年季が入っているという感じはしない。彼女のチャームポイントであるアヒル口に似ていると言えば似ているし、欲望の深さの象徴のようにも見える。

「うっ……くっ……」

ディルドの先端を入口にあてがうと、佐奈江はビクッとした。

「なっ、なに？　なにを入れるの？」

見えなくても、ペニスとは感触が違うことはわかるらしい。

秋彦は黙ったまま、ディルドを挿入していった。ペニスより小さいサイズなので、すんなりと半分ほど入ってしまう。蜜の分泌量がすごいから、ディルドを出し入れしてみると、いやらしいほどよくすべった。浅瀬をヌプヌプと穿ってやる。

「ううっ……くぅううっ……」

佐奈江はまたたく間に、自分を責めている小道具に関心を失った。なにを入れられたのか詮索するより、感じることに集中しはじめた。

（もはやステキ主婦じゃなくて、スケベ主婦だな……）

秋彦はニヤニヤ笑いながら、遠慮がちな出し入れを続けている。ディルドを持っているのは右手で、左手が空いていた。新しい武器を使ってもよかったが、左手は自然と電マに伸びていった。驚愕のスピードで佐奈江を絶頂に導いたその破壊力を、もう一度確かめてみたい。

「あああっ……はぁあああっ……はぁああああっ……」

ディルドを出し入れするピッチをあげていくと、佐奈江は乱れはじめた。拘束された不自由な体にもかかわらず、しきりに腰をくねらせて、股間を出張《でば》らせてくる。もっと奥まで入れてとねだるように……。

先ほど、脚を開くことさえ恥ずかしがってためらっていた女とは、別人のようだった。だがそれがいい。男にとって前戯のハイライトは、女の羞じらいが快楽に負ける瞬間なのである。

「ねっ、ねえっ……」

佐奈江が身をよじりながら声をかけてきた。

「そっ、そろそろ……秋彦くんをちょうだいよっ……」

「……どういう意味です？」

「だから！　そんなオモチャじゃなくて、秋彦くんのっ……」

「僕のチンポを入れてほしいんですか？」

佐奈江は恥ずかしそうにうなずいた。

「オモチャは気持よくないですか？」

「気持ちいいけど……やっぱり……」

「生身のチンポのほうがいい？」

もう一度うなずく。

「本当かな？」

「本当よ！」

「お尻の穴までスケベ汁でベトベトにしてるくせに、よく言いますよ」

秋彦は左手に持っている電マのスイッチを入れると、クリトリスにヘッドを押しつけた。今度はパンティの保護のない直撃である。しかも、肉穴にはディルドが埋まっている。深いところまで入れていく。

「はっ、はぁうううううーっ！」

佐奈江は獣じみた悲鳴を放ち、喉を突きだした。激しくあえぎながら、栗色に染めたハーフアップの長い髪を振り乱した。

「そっ、それはダメッ……やめてっ……すぐイッちゃうからっ……それはすぐにイッちゃうからあああああーっ！」

涙まじりの哀願も、次の瞬間には淫らな悲鳴に呑みこまれていた。押し寄せる快楽にひいひいとよがり泣くことしかできなくなり、真っ赤なロープにくびりだされた巨乳を揺れはずませながら、肉欲の海に溺れていく。

秋彦はディルドで女の割れ目を穿ちながら、クリトリスに電マのヘッドをあてつづけた。今度は五秒だけではなく、押しつけっぱなしだ。

「……イッ、イクッ！」

またもやあっという間に、佐奈江は果てた。先ほどは一分だったが、今度は二分くらいはもっただろうか。全身が汗びっしょりで、甘ったるい匂いがすごい。秋彦はデイルドを抜いた。電マも離してスイッチを切り、佐奈江の顔をのぞきこんだ。

黒いアイマスクを着けた状態で、ハアハアと息をはずませていた。やめてと哀願されたのに、秋彦は無視して責めつづけた。怒っていたらどうしようという不安が、黒いアイマスクをはずさせる。

佐奈江の顔は汗にまみれていた。喜悦の涙もたっぷり流したようで、アイメイクがすっかり落ちていた。

「だっ、大丈夫ですか？」

声をかけると、焦点の合っていない眼をこちらに向けた。アイマスクをはずした瞬間は、まぶしそうに眼を細めていた。いまは異様にトロンとした眼つきをしている。怒っている気配はなく、体の疼きと欲情だけが生々しく伝わってくる。

「……けっ、軽蔑した？」

か細く震える声で、佐奈江は言った。

「いやらしいオモチャでイキまくっちゃう女だって、わたしのこと……」

「しないですよ、軽蔑なんて……」

秋彦はあわてて首を横に振った。

「じゃあ抱いて……」

アヒル口を尖らせ、ねだるようにささやく。

「ロープをほどいて、いつもみたいに情熱的に……わたし、すごく欲しい……秋彦くんが欲しい……」

胸が熱くなる言葉だったが、快諾することはできなかった。彼女が簡単にイキまくるせいで、前戯をした手応えが全然ないのだ。

それに、いますぐロープをほどくのはあまりも惜しかった。もう少しだけ、この光景を拝んでいたい。赤と黒のエクスタシーに酔いしれながら、このプレイを続けたい。

（……そうだ！）

あることを閃《ひらめ》いた秋彦は、ブリーフを脱ぎ捨てた。

「舐めてもらっていいですか？」

「……いいけど」

「ロープをほどくのは、もうちょっと先で……」

「いやらしいのね……」

佐奈江は眼つきを蕩けさせてうなずいた。視線の先にあるのは、臍を叩きそうな勢いで反り返っているペニスだ。

「いつもより、上を向いてる……すごい反り方……苦しかったんじゃない？」

「そりゃそうですよ。佐奈江さんみたいなグラマー美女を、縛りあげて電マで責めるなんて……興奮しないわけないじゃないですか……」

「えっ？」

佐奈江が声をもらした。驚いているようだった。それもそのはず、勃起しきったペニスを露わにした秋彦が、覆い被さってきたからだ。上下逆の体勢で……。

男性上位のシックスナインである。秋彦が四つん這いになって女体に覆い被されば、フェラをされながらクンニもできる。口も舌も指も使えるし、もちろんラブグッズだって……。

「こっ、これはちょっと大胆すぎるんじゃないの？」

股間の下で、佐奈江が焦った声をあげる。

「ここまで来たら、振りきって大胆にいきましょう」

秋彦はアヒル口にペニスを押しつけていった。よく見えなかったが、佐奈江が口を開いて受けとめてくれる。唾液の分泌量が尋常ではない口内に、亀頭がずぶずぶと埋まっていく。

「むううっ……」

秋彦は唸りながら、黒々とした草むらを指で掻き分け、クリトリスを探した。眼を凝らし、割れ目の上端にあるそれをなんとか見つけだす。舌裏を使って舐めはじめると、佐奈江が鼻奥で悶え泣く声が聞こえた。電マ責めのあとになめらかな舌裏を使ってするクンニはたまらないだろう。あえぎ声をあげたいはずなのに、決して口唇からペニスを吐きださないのはさすがとしか言い様がない。

（こっ、これはっ……この感触はっ……）

秋彦は舌を動かしながら、身をよじらせた。フェラチオの感触が、いつもと違った。唾液の感触がいつもより粘っこいというか、口内粘膜に吸着力があるというか、とにかく下の穴に入れているみたいなのだ。

もちろん、口唇は女性器とは違うから、コントロールも自在なら、舌もある。アヒル口でしゃぶりまわされ、口内で舌が動きはじめると、下の穴に勝るとも劣らない、怒濤の快感が押し寄せてきた。

（たっ、たまらないよ、これはっ……）

もしかすると、男性上位のシックスナインというのも関係しているのかもしれない。本物のセックスをしているような錯覚が一秒ごとにリアルになっていき、秋彦は腰を動かしてしまった。ペニスで口唇を穿つと、佐奈江に苦しい思いをさせてしまいそうだったが、衝動を抑えきれない。

ここでも佐奈江はさすがだった。ずぼずぼと口唇を穿つペニスの動きを易々《やすやす》と受けとめ、玉袋まで指先であやしはじめた。

そうなると、秋彦もクンニに熱をこめないわけにはいかない。包皮を剝いたクリトリスをねちっこく舐め転がしつつ、ディルドをつかんだ。ラブグッズの力を借りずに佐奈江をイカせてやりたい気もしたが、文明の利器を使わないのは文明人ではない。意地を張らずに使ったほうが、佐奈江だって悦んでくれるだろう。肉穴にディルドを埋めこみ、抜き差しを始める。

「むううっ……むううっ……」

「ぅんぐっ……ぅんぐっ……」

お互いに鼻息をはずませながら、熱烈に舐めあった。ディルドの抜き差しがリズムに乗ってくると、佐奈江は宙に浮いた足指をぎゅうっと丸めた。感じているようだった。新鮮な蜜があとからあとからあふれてくるし、その匂いも強まっていくばかりだ。

（まっ、まずいっ……）

佐奈江が蜜を漏らしすぎるので、ミニバナナによく似たディルドは持ちにくくなっていくばかりだった。ヌルヌルすべりすぎるのだ。しかし、電マやローターは手の届かない距離にある。秋彦はディルドを投げ捨て、熱く潤んだ肉穴に指を入れた。人差し指と中指、いきなり二本刺しだ。

「ぅんぐうううーっ！」

クリトリスの裏側にあるざらついた凹《へこ》み——Gスポットをぐりぐり刺激してやると、佐奈江は鼻奥で悲鳴をあげた。

それはいいのだが、まずい事態がもうひとつあった。佐奈江は感じれば感じるほど、ペニスを痛烈に吸いたててきた。ムキになっているように、ねろねろ、ねろねろ、口内で舌を動かした。秋彦ももはや遠慮なく、彼女の口唇を犯すように腰を使っている。あまりの快感に、射精の前兆が訪れてしまった。

一週間ぶん溜めこんだ煮えたぎるような白濁液を、まだ吐きだしたくなかった。段取り的には、とりあえず佐奈江をイカせてからロープをほどき、ひとつになるのがスマートだろう。

それに、フェラをされて口内射精というのも、経験が足りない若者みたいで格好が悪い。と思うと同時に、格好なんてどうだっていいじゃないか！　ともうひとりの自分が言う。このまま射精し、噴射する男の精を佐奈江に吸ってもらったら、眼もくらむほどの快楽が味わえるかもしれないじゃないか……。

（どうする？　どうしよう？）

カリのくびれのあたりで執拗に唇をすべらせ、そうしつつ肉竿の根元をしごいている佐奈江は、このままイキなさい、と言っているようだった。一滴残らず飲んであげるから、いっぱい出して、と……。

単なる思いこみかもしれないが、気持ちは口内射精にどんどん傾いていった。というか、すでに行為を中断できないところまで、射精の前兆が迫っていた。タイミング悪くペニスを引き抜いて暴発し、佐奈江の顔をザーメンまみれにしてしまうわけにはいかなかった。そんなことになるくらいなら、口内射精のほうがずっといい。

「でっ、出ますっ……もう出るっ……」

秋彦はクリトリスから舌を離して叫んだ。

「出ますから飲んでっ……飲んでくださいっ……」

佐奈江から言葉は返ってこなかった。深々とペニスを咥えたまま、一心不乱にしゃぶっている。これは了解の合図だと、秋彦は判断した。女を抱いているときのように腰を動かし、フィニッシュの連打を打ちこんでいく。

「でっ、出るっ……もう出るううっ……おおおおおーっ！」

雄叫《おたけ》びと同時に、ドクンッ、と下半身で爆発が起こった。いままで経験したことのないような衝撃がペニスの中心を走り抜け、ドクンッ、ドクンッ、と射精しながら、秋彦は雄叫びをあげつづけた。

佐奈江が吸っていた。おそらく、頬をべっこりとへこませていることだろう。すさまじい吸引力で男の精を吸いたてられ、秋彦は何度も意識が飛びそうになった。放出する勢いに、吸引される勢いが上乗せされ、畳みかけるように射精が訪れる。尿道を通過する粘液のスピードがいつにも増して速く、ペニスの芯に灼熱《しゃくねつ》を感じずにはいられない。

「おおおおーっ！　うおおおおおおーっ！」

秋彦はクリトリスから舌を離していたが、右手の二本指は肉穴に埋まったままだった。訳のわからない状態で、力まかせに掻き混ぜてしまった。秋彦は基本的に女体に負担をかけるセックスを嫌う。これほど激しく掻き混ぜたことはなかったが、訳がわからないのだからしかたがない。

「ぅんぐっ！　ぅんぐぅぅぅーっ！」

佐奈江が鼻奥であげた悲鳴は、今日イチ切羽つまっていた。ビクンッ、ビクンッ、と腰が跳ねあがった。股間をしゃくり、出張らせるような動きがいやらしすぎた。彼女もイッたらしい、と朦朧《もうろう》とした頭で思った。次の瞬間、彼女の股間から飛沫が飛んだ。ピュピュッ、ピュピュッ、と勢いよく……。

潮吹きだった。

射精をしながら佐奈江を絶頂に導き、訳のわからなまま、潮まで吹かせてしまったらしい。

第四章　素直になりなさい

1

気まずかった。

はしゃぎすぎた夜の終わりは、いつだって気まずいものだ。

夜どころか、窓の外はまだ明るい。真っ昼間から、いささか調子に乗りすぎた。黒いセクシーランジェリー、真っ赤なロープで緊縛、初めて使うラブグッズ、電マの衝撃的な破壊力、そして最後は口内射精に潮吹きアクメ……。

ロープをほどいてやると、佐奈江はそそくさとバスルームに逃げていった。汗と涙でメイクの崩れた顔を伏せ、眼を合わせようとしなかった。彼女もまた、はしゃぎすぎた自覚があるのだろう。ペニスも挿入されていないのに、立てつづけに三度も絶頂に達したのだから……。

「……ふうっ」

秋彦は潮に濡れたシーツを剝《は》がし、今度こそ洗濯済みのシーツに替えた。それから、畳の上にぶちまけたラブグッズを段ボール箱にしまう。中に、コスプレ用のナース服や、卑猥なランジェリーがあった。佐奈江が着けていたものとは比べものにならない安物だが、彼女のパンティは潮吹きでびしょびしょになってしまっている。

（こんなものでも、ないよりましだろう……）

適当に下着を選び、脱衣所を兼ねている洗面所に持っていった。バスルームのドアの曇りガラス越しに、声をかけた。

「乾いた下着、ここに置いておきます。いちおう新品です。捨ててしまっていいやつですから……」

返事はなかったが、秋彦は踵《きびす》を返した。シャワーの音もしなかった。この部屋はいちおうファミリー用なので、それなりに広い浴槽がある。気持ちを落ち着けるため、ゆっくりお湯に浸かっているのだろう。

部屋に戻ると、真っ赤なロープを束ねて段ボール箱に入れた。ロープにはまだ、佐奈江の肌のぬくもりが残っていた。

（たしかに興奮したけど……）

深い溜息がもれる。秋彦は三十歳になるいままで、こんなにも過激なプレイに淫したことがなかった。人生経験としては有益かもしれないが、楽しみにしていたいつも通りの週末はどこかに行ってしまったような気がする。佐奈江が部屋に戻ってきても、いままでのような濃厚にして甘やかな雰囲気のセックスは、望めないのではないだろうか？

（そうだよなあ。いままで通り、普通に抱きあおうとしても、さっきのプレイが頭にチラついちゃうよ……）

もちろん、佐奈江だってそうだろう。緊縛とかラブグッズとか潮吹きとか、彼女のほうが過激な体験をしているのだから……。

となると、この先に考えられる選択肢はふたつである。今日はこのまま解散し、来週あらためて仕切り直し——お互いに大人だった。必要に応じて、あったことをなかったこととして振る舞うことができるはずだ。今日の出来事は記憶の彼方《かなた》に押しやって、次の逢瀬ではいままで通りのセックスをする。

あるいは、このままあえて続ける。先ほどより、さらに過激なプレイにチャレンジしてみるという手もないではない。具体的なアイデアがあるわけではないが、セックスの原理は基本的にクレシェンド、だんだん強くなっていく。

キスの次はペッティング、ペッティングの次は挿入——逆には進まない。すでに性器を繋げて恍惚《こうこつ》を分かちあっているカップルが、キスをしただけでかつてのようにドキドキすることなんてあり得ない。

ピンポーン、と呼び鈴が鳴ったので、秋彦は心臓が停まりそうになった。

どうせ招かざる客の登場だ。ここは居留守を使うしかないと無視を決めこんでいると、ドンドンドンと乱暴に扉を叩かれた。

どうやら、新聞でもＮＨＫでも宅配便でもないようだった。いまの扉の叩き方から伝わってくるのは、憤怒の感情だ。隣人が文句を言いにきたのだろう。思いあたる節はある。興奮していたのでなにも手を打てなかったが、佐奈江のあえぎ声はいつにも増して大きかったから、隣接する部屋に筒抜けだったはずだ。

（まいったな……）

秋彦は素早くブリーフを穿いて服を着た。真上の部屋の人間が文句を言いにきた可能性もあるが、普通に考えれば伊智子だろう。気まずいにも程がある。

ドアを開けると、やはり伊智子が立っていた。ノーブルな濃紺のワンピース姿だった。一瞬呆気にとられたのは、その美しい顔に怒気が浮かんでいなかったからだ。眼つきがひどく虚《うつ》ろであり、まるで幽霊がそこに立っているみたいだった。

「なんだよ？」

気まずさに顔をそむけながら訊ねると、

「ちょっとあがらせて」

伊智子は秋彦の脇をすり抜け、部屋に入っていった。サンダル履きだったので素早く脱げ、秋彦は油断していたので制止するタイミングを逸した。

「おいっ、ちょっと待てよ……」

あわてて追いかけたが、伊智子はかまわず寝室に入っていった。ラブグッズの類いは片づけたものの、男女の淫臭がむんむんとこもっている六畳間だ。

「帰れよ。声がうるさかったなら謝る。でも、わかるだろう？　彼女と一緒なんだ。いま風呂に入ってるけど、おまえがここにいたら困る」

伊智子は無視してしゃがみこんだ。体育の授業のときにする三角座りで膝を抱え、顔を伏せる。

「聞こえないのかよ」

「……見学させて」

顔を伏せているうえ、声が小さすぎてよく聞こえなかった。

「はっ？　なんだって？」

秋彦が声を尖らせたときだった。湯上がりの佐奈江が寝室に戻ってきた。ミルク色のベビードールを着ていた。乳首がいまにも透けそうで、裾はほとんど太腿が丸出しの扇情的《せんじょう》なデザインだ。下は白いレースのパンティ。どちらも下着のカテゴリーではなく、大人のオモチャに属するようなセックスの小道具的代物である。

（エッ、エロいな……）

たしか上下で二千円くらいの安物だが、着ている女のグレードが高いから、安物には見えない。安物っぽさが逆にいやらしい、と言ってもいい。

佐奈江の表情は険しかった。当たり前である。いまのいままで秘密の逢瀬をしていた部屋に、招かざる客がいるのだから……。

「なに？」

佐奈江が眉をひそめて言い、伊智子が伏せていた顔をあげる。お互いに顔を確認しあうと、「あっ」と同時に声をもらした。隣に住んでいるのだから、顔見知りでもおかしくない。

先に気まずげな表情になったのは、佐奈江だった。

素性がバレて困るのは、浮気をしている佐奈江のほうだからだ。ただし、伊智子が人妻であることも、佐奈江は知っている可能性が高かった。

「見学させてもらえませんか？」

伊智子は佐奈江を見て言った。

「どういうセックスしたら、あんなにすごい声が出せるんだろうって、わたし不思議で……勉強させてほしいっていうか……」

「おまえはなにを言ってるんだ」

秋彦は呆れた顔で言い、言い訳がましい視線を佐奈江に向けた。

「彼女、高校の後輩なんです。最近、隣の部屋に住んでいることがわかりまして……もちろん、偶然ですよ」

今度は伊智子を見る。

「ここんところいろいろあって、ちょっと疲れてるんだよな？　訳のわからないこと言ってないで、帰ってもらえる？」

「わたし、ただの後輩じゃないです。先週、この人に抱かれました」

伊智子は秋彦を指差し、佐奈江に向かって言い放った。

（こっ、こいつ……）

秋彦は天を仰ぎたくなった。こちらを見る佐奈江の眼つきに、みるみる軽蔑が浮かびあがってくる。「真面目そうに見えて、とんだ人妻キラーだったわけ？　それもご近所専科の……」という心の声が聞こえた気がした。

「違うんです！」

秋彦は泣きそうな顔で佐奈江を見たが、佐奈江はきっぱりと無視して、伊智子に話しかけた。

「言いたいことがよくわからないけど……秋彦くんは自分のものだから、わたしに別れてほしいってわけ？」

「そうじゃなくて……」

「だいたい、あなたも結婚してるわよね？　ご主人と一緒にいるところ、見たことあるもの」

伊智子がひと月前に夫を部屋から追いだし、現在離婚調停中という事情なんて、佐奈江が知るはずもない。

「だからその……先輩と別れてほしいとか、わたしが独占したいとか、そういうんじゃなくて……セックスしてるところを見学させてほしいって……」

「なるほど……」

佐奈江は「ははーん」と言わんばかりの顔で腕を組んだ。

「あなた、しおらしい顔をしてるけど、要するに混ぜてほしいわけね？　3Pがしたいんだ？」

秋彦は腰が抜けそうなほど驚いた。ステキ主婦の口から「3P」などという不穏な言葉が飛びだしたから、だけではなかった。伊智子がそれを否定しなかったからである。三角座りで膝を抱えたまま、物欲しげな眼つきで佐奈江を見ている。

「わかるわよ。わたしも結婚してるからよーくわかる。刺激が欲しいのよね？　じゃあ、脱ぎなさいよ。混ぜてあげるから裸になりなさい」

「いや、あの……」

秋彦は焦った声をあげたが、佐奈江にキッと睨まれ、なにも言えなくなった。佐奈江は怒っていた。先ほどまでとはあきらかに違う雰囲気で、苛立《いらだ》ちがありありと伝わってきた。

理由はもちろん、秋彦が佐奈江と関係をもちながら、他の人妻にも手を出したからだろう。秋彦としては、それを糾弾《きゅうだん》されるのはつらいものがあった。秋彦と佐奈江は婚外恋愛をしているわけではないし、愛の言葉をささやきあったことすらない、単なるセックスフレンドだ。そもそも佐奈江は、男女のモラルより本能を優先して生きている浮気妻なのである。

とはいえ、女心は複雑なのだろう。

この部屋にやってきたのが伊智子でなければ――佐奈江より六、七歳も若く、驚異的な小顔とモデルのようなスタイルをもち、薄化粧でもはっきりわかるほどの美人でなければ、これほど怒ったりしなかったのではないか？

「ほら、どうしたのよ？　3Pしたいんでしょう？　だったら早く脱ぎなさいよ」

冷たい眼で伊智子を見下ろしている佐奈江は、可愛いベビードール姿なのに、ドン引きするほど怖かった。怖さの源泉が嫉妬にあることは、おそらく間違いないだろう。

2

伊智子が立ちあがった。青ざめた表情で何度か深呼吸してから、両手を首の後ろにまわしていく。

（マジでなに考えてんだ？　本当に３Ｐなんかしたいのか？　おまえってそんな女だったのかよ……）

のろのろと背中のファスナーをおろしていく伊智子を、秋彦は固唾《かたず》を呑んで見守っていた。男運が悪くても、伊智子はふしだらな女ではないはずだ。しかし、彼女はおそらく、セックスに深い悩みを抱えている。自分は抱き心地の悪い女、そういう自覚があるはずだ。

秋彦も事後、褒めてやることができなかった。お世辞が苦手な性格なので、やさしく髪を撫でながら、「よかったよ」とか「最高だったよ」とささやいたりしなかった。なにより、次の誘いをしなかったのだから、伊智子としても気づいていたはずだ。自分はあまりよくなかったのだろうと……。

そんな状況の中、当の秋彦が住む隣の部屋からいやらしいあえぎ声が聞こえてくれば、冷静でいられなくなってもしかたがないのかもしれない。３Ｐなんてしたところで、突然枕上手になれるわけがないのに、こんな暴挙に出るとは、よほどセックスがコンプレックスなのか？

だが……。

伊智子はそんな甘い女ではなかった。ノーブルな濃紺のワンピースを畳の上に落とした瞬間、秋彦は息を呑んだ。

濃い紫色の下着を着けていた。ひと目で高級ランジェリーとわかるレースや刺繍《ししゅう》がほどこされ、部分的に光沢のある生地がセクシャルだ。なにより、高貴な紫の色合いが、端整な美貌とスレンダーなスタイルをひときわ麗《うるわ》しく際立てている。

負けるはずがない、と伊智子は確信してここに踏みこんできたのである。

秋彦がどんな女を連れこんでいようとも、見た目だけなら絶対に勝てる自信があったから、勝負下着を着けて乗りこんできた……。

実際、伊智子の下着姿を見た佐奈江は、顔色を失った。すぐに頬が赤く染まった。彼女がいま着けているのは、安物のベビードール。扇情的ではあるものの、場末のピンサロ嬢やおっパブ嬢が、使い捨てにしているような代物なのだ。伊智子の高級ランジェリーと比べると、圧倒的に見劣りする。

それに、佐奈江に衝撃を与えたのは、下着だけではないはずだった。ふたりとも肌が白いが、二十九歳と三十五、六では、比べてしまうとやはり差が出る。伊智子の肌は雪のように白いだけでなく、張りもあれば艶もある。

おまけに手脚の長いモデル体形。男の人気は、佐奈江のようなグラマーボディが圧倒的だが、女の多数はモデル体形に憧れている。伊智子は、佐奈江のもっていないものばかりもっているというわけだ。佐奈江の眼にジェラシーの炎が燃えていた。

「早く全部脱ぎなさいよ」

ギリリ、と歯嚙みしてから、佐奈江は言った。

「素敵な下着だけど、3Pするには必要ないものね。全部脱いで、おっぱいもオマンコも見せなさい」

秋彦は佐奈江を二度見してしまった。可愛いアヒル口から飛びだした四文字が、彼女が冷静ではないなによりの証拠だと思った。

伊智子がブラジャーを取ると、佐奈江はますます険しい表情になった。細身に実ったたわわな乳房を、恨みがましく睨んでいる。

サイズだけなら佐奈江のほうがふたまわりも大きいが、巨乳が好きな女なんて本当はいない。男を魅了しやすいというアドヴァンテージはあるものの、肩は凝るし、頭がよさそうに見えないし、なによりおしゃれの邪魔をする。加齢とともに垂れてくる心配もあるうえ、下手をすれば痴漢やセクハラのターゲットだ。

もちろん、貧乳の女もそれはそれで馬鹿にしているのだが、伊智子の乳房はちょうどいい大きさだった。おまけに乳首のついている位置が高いから、丸々としているのにツンと上を向いて見える。

（こっ、これは……佐奈江さんの心中、穏やかじゃないだろうな……）

もちろん、秋彦の心中も穏やかではなかった。いつも柔和な笑みを浮かべている佐奈江が、険しい表情をしているだけで怖すぎる。

伊智子が腰を屈めてパンティを脱いだ。佐奈江の視線を意識してすぐにしゃがみこんだが、一瞬見えた彼女の裸身は、マネキン人形のように美しかった。パイパンだからである。気をつけをしても女の割れ目がはみ出して見えるから、実は美しいだけではないのだが……。

腕組みをして仁王立ちになっている佐奈江は、怒り心頭に発している様子だった。とてもこれから仲よく3Pをするような雰囲気ではない。この場を仕切っているのは佐奈江であり、秋彦は彼女に頭があがらない状況になっているから、いったいどうするのだろうと思った。佐奈江は段ボール箱の中から真っ赤なロープを取りだした。

「彼女を縛って」

秋彦にロープを突きつけてくる。

「綺麗すぎてムカつくから、ふたりがかりでいじめましょうよ」

「いや……その……そうですね」

　秋彦はロープを受けとった。「綺麗すぎてムカつく」という、正直な物言いに好感がもてた。だがそれ以上に、「ふたりがかりでいじめましょうよ」の誘い文句に興奮した。具体的なことをなにも想像できずとも、言葉だけで勃起してしまいそうだった。亜希を縛ってやりたいと思ったときと、似たような気分だった。いや、伊智子こそ秋彦にとって性悪中の性悪。いままでおろおろしていたのが嘘のように、急にスイッチが入った気がした。

「どうやって縛ります？　さっきみたいにすればいいですかね？」

「ううん。あれを使ってみない？」

　佐奈江が指差したのは、ぶら下がり健康器だった。

「バンザイの格好で両手を上から吊るの。そうしたら、両サイドからふたりがかりで責められるじゃない？　後ろから前からでも……」

　なるほど！　と秋彦は膝を叩きたい気分だった。ぶら下がり健康器に、そんないやらしい使い方があったなんて驚きの発見である。

　伊智子は裸身のまま、しゃがみこんで顔を伏せている。小さな肩が震えていた。秋彦は服を着ているし、佐奈江もベビードール姿。この部屋で全裸なのは彼女ひとりだから、泣きたくなるほど恥ずかしいに違いない。

　だが、それは彼女が望んだことなのだ。

結ぶ。

「立つんだ」

腕を取って立ちあがらせた。まずは左の手首に、真っ赤なロープを巻きつける。血管を締めつけないように、けれども絶対に抜けないように塩梅《あんばい》しながら、きっちりと結ぶ。

「せっ、先輩……」

伊智子がいまにも泣きだしそうな顔を向けてきた。

「こっ、こんな趣味があったんですか？　ＳＭとか……」

「いやいや、あるかないかで言えば、ないんだ。ないんだけれども、話せば長い事情があって……」

「事情なんていいから、早く縛って！」

佐奈江に言われ、秋彦はしおしおと作業を進めた。伊智子にバンザイをさせ、ぶら下がり健康器に吊った。足がつくところまで金属バーをさげたので、正確には吊っているわけではないのだが、伊智子にはもう、剝きだしの乳房や股間を隠すすべはない。

「ううっ……うううっ……」

伊智子が瞳を潤ませながら、秋彦を睨んでくる。「いやっ！」と叫びたいのだろうが、叫ばないところが伊智子だった。性悪わがまま娘は、昔から負けず嫌いで気が強かった。

「ホント、うっとりしちゃうほど綺麗な体ね……」

佐奈江がまぶしげに眼を細めて言う。

「女のわたしから見ても惚《ほ》れぼれしちゃう。できることなら、わたしもこういうスタイルに生まれてきたかったな……」

段ボール箱の中を、ガサゴソと漁った。電マを手にした。先ほど使用したものに加え、新品をおろして二本。

「本当はね……」

佐奈江は瞼《まぶた》を半分落としたセクシーな顔で、伊智子にささやきかけた。

「アイマスクをしたほうが興奮するし、気持ちがいいの。でも、あなたにはしてあげない。どうしてだと思う？　綺麗な顔がみじめに歪んで、情けないイキ顔になるところを見たいからよ」

「残念でした」

驚いたことに、伊智子は不敵な表情で佐奈江に言い返した。

「わたし、イキ顔になんてならないですよ。そもそもイカないし、反応も悪くて……男によく、マグロって言われますから！　おまえみたいな抱き心地が悪い女、会ったことないって……」

秋彦と佐奈江は眼を見合わせた。

「先輩だってそうだったでしょう？　わたしを抱きながら、他の人のこと考えて射精しましたよね？　女ってそういうことわかるんですから！」

秋彦は部屋から出ていきたくなったが、佐奈江は違った。

「だったら、どうだっていうのよ」

伊智子の口に手を突っこみ、舌をつまんで引っぱりだした。

「オマンコ楽しめるように開発してほしいなら、最初からそう言えばいいじゃないの。ほら、言ってごらん」

舌を引っぱりだされていては、なにも言えるわけがない。口からあふれた唾液だけが、ツツーッと糸を引いて胸元に垂れていく。

「言わせてあげるからね。泣きながらオマンコしてくださいって、絶対に言わせてあげる。わたし、あなたみたいな女が大っ嫌いなの。自分が綺麗なのよーく知ってるくせに、妙に卑屈で、なんでも人のせいにして……悔しかったら、自分で自分の言葉を証明してみなさい。なにをされても澄ました顔でいられたら、いまの言葉、撤回してあげてもいい……」

佐奈江は伊智子の舌を離すと、電マのスイッチを入れた。秋彦にも、眼顔でスイッチを入れるようにうながしてくる。

3

二台の電マが唸っていた。

秋彦と佐奈江はそれぞれに、裸身でバンザイしている伊智子を責めはじめた。最初はお互いに遠慮がちだった。いきなりトップギアで責めたてても女がついてこられないだろうし、伊智子の性感のポイントがどこにあるのかもわからない。首筋や乳房の裾野、脇腹や太腿やお尻などを、触るか触らないかのソフトタッチで、震動するヘッドをあてがっていった。

伊智子は唇を引き結んでいた。しきりに身をよじっているのは、感じているからというより、恥ずかしいからだろう。パイパンの彼女は、立っていても割れ目の上端が見えている。気をつけをしても向こう側が見えるような細い太腿では、こすりあわせて防御することもできない。

「本当にマグロなのかしら？」

佐奈江が伊智子の耳元でささやく。ふうっ、と吐息を吹きかけながら。

「わたしには、感じはじめているように見えるけど……」

「かっ、感じてなんかっ……」

伊智子は悔しげに頬をひきつらせながら、佐奈江を睨みつけた。伊智子で、佐奈江に対するジェラシーがあるように、秋彦には感じられた。一戸建てに住む裕福な隣人、ふりまくハッピーオーラ――伊智子は結婚に失敗しているので、佐奈江の幸せそうな暮らしぶりが、さぞや羨ましいに違いない。

加えて、秋彦との関係も、伊智子の心に暗い影を落としていることだろう。同じ人妻なのに、秋彦はセックスの相手として伊智子ではなく佐奈江を選んだ。容姿では負けないつもりでも、惨敗を喫しているのである。

「でも、乳首が尖ってきてるじゃない？」

佐奈江が電マのヘッドを、伊智子の乳首にあてる。いままで触れられていなかった性感帯を刺激され、伊智子の顔はぎゅっと歪んだ。それでもなんとか、声だけはこらえる。きつく歯を食いしばっているのがわかる。

「ほーら、こんなにツンツンに尖って……電マって気持ちいいわよね？」

佐奈江の責めに呼応して、秋彦も伊智子の乳首に電マのヘッドをあてがった。左右の乳首に震動を送りこまれ、伊智子が激しく身をよじる。太腿をこすりあわせられないかわりに、子供のような地団駄を踏む。

「ちっ、乳首が勃っているのは、生理現象ですから！　感じてるわけじゃないですから！　感じてるわけじゃ……」

必死に言い訳しても、伊智子の顔はみるみる紅潮していく。眼の下がとくに赤い。眉根を寄せた表情もいやらしく、やがて呼吸もはずみはじめた。

佐奈江をたったの一分で絶頂に追いこんだ電マである。感度や欲望の深さなど、個人差はあるにしろ、それが二本同時に裸身を這っているのだから、伊智子もたまらないだろう。

汗が匂ってきた。

女の発情を示す、甘ったるい匂いのする汗だ。

よく見ると、バンザイに拘束されていることで無防備にさらけだされている腋窩《えきか》が濡れていた。無駄毛処理は完璧でも、汗までは隠しきれない。

秋彦は衝動的に舌を伸ばした。汗を拭うようにねろりと舐めてやると、

「あああっ！」

伊智子の口から、ついに淫らな声が放たれた。

「ちょっと早いんじゃないの？　もうちょっと頑張りなさいよ」

佐奈江は意地悪く言いつつ、反対側の腋窩に舌を伸ばしていく。ふたりがかりでねろねろと舐めまわす。

「やっ、やめてっ！　くすぐったいのっ！　感じているじゃなくて、くすぐったいのおおおーっ！」

実際、くすぐったいのかもしれないが、その感覚が欲情の呼び水になることも、また事実である。秋彦と佐奈江は腋窩にしつこく舌を這わせながら、電マのヘッドを、伊智子の下半身に向かわせた。肝心な部分ははずして、腹部や太腿、お尻を入念に刺激してやる。伊智子はもう、足踏みがとまらない。

「降参するならいまのうちよ」

佐奈江の舌が、腋窩から乳首に移動する。ねちねちと舐めあげる。

「生意気な口をきかずに可愛くしてるなら、やさしく開発してあげたっていいのに」

秋彦も反対側の乳首を口に含んだ。

「あああああーっ！　あああああああーっ！」

伊智子はショートマッシュの黒髪を振り乱し、声の限りに悲鳴をあげた。もはや、くすぐったいという言い訳もできない。乳首を吸われてくすぐったがる女なんていない。同性の愛撫におぞましさを覚える女はいるかもしれないが、伊智子のあずき色の乳首はどこまでもいやらしく尖りきっていく。

「秋彦くん……」

佐奈江が声をかけてきた。

「そろそろ本格的に乱れてもらいましょうか？」

佐奈江の指示により、秋彦は伊智子の左脚をロープで吊った。真っ赤なロープを膝に巻き、それを頭の上の金属バーに引っかけて吊りあげた。

　パッと見、グリコのゴールインマークのようだが、膝が横に向けられている。つまり、股間が剝きだしだ。陰毛もないから、女の恥部という恥部が、あますことなくさらけだされている。とくに女の花の存在感がすごい。ピンク色の薔薇のようだ。

「ふふっ、可愛いオマンコ」

　佐奈江が伊智子の正面にしゃがみこみ、剝きだしの股間をまじまじと眺める。秋彦の視線も、その部分に釘づけになっていた。まだ表面は乾いているようだった。

「顔やスタイルが綺麗な人って、こんなところまで綺麗なのね。自慢のオマンコだから、つるつるにして全部見せてるの？」

　伊智子は真っ赤に染まった顔をそむけるばかりだ。いまにも泣きだしそうだが、佐奈江は容赦なかった。ダラリと舌を伸ばすと、乾いた縦筋に舌を這わせた。そこまでやるのか、と秋彦は戦慄したが、伊智子はもっと驚いたようだった。

「やっ、やめてっ！　やめてくださいっ！」

　焦るあまり、敬語になってしまっている。

「それは許してっ……なっ、舐めないでっ……女のくせにいいいいーっ！」

　いまにもパニックに陥ってしまいそうだったので、秋彦は伊智子の後ろに立ち、顔をこちらに向けさせた。手のひらで包んだ頰が、燃えているように熱かった。首をひねって後ろを向いた伊智子は、あわあわと口を動かしていた。その口にキスを与えてやる。伊智子は戸惑っていたが、舌を差しだしてからめあうと、ディープなキスに応えてくれた。

伊智子はキスをするとき眼をつぶらない。舌と舌をねちっこくからめあいながらも、恨みがましい眼つきでこちらを見てくる。どうしてこんなことをされなくちゃいけないの？　と彼女の顔には書いてある。

それがおまえの望みだったんだろう？　と秋彦は眼顔で伝えた。もちろん、同性によるクンニまで望んでいたわけではないだろうが、自分の殻を破り、ひと皮剝けることは望んでいたはずだ。ならば、こんな荒療治も時には必要だろう。

キスをしながら、丸い乳房を裾野からすくいあげた。やわやわと揉みしだき、乳首をつまんでやると、伊智子はぎりぎりまで眼を細めた。黒い瞳が潤んでいる。

（ずいぶんエロい眼つきをするじゃないかよ……）

こんな顔で愛撫を受けている伊智子が真性のマグロだとは、秋彦には思えなくなってきた。抱いたとき、たしかに反応は薄かった。しかしそれは、体の問題ではなく、プライドが高いせいではないのか？　自分のすべてをさらけだすのが怖いのだ。

おそらく、伊智子のそういう性格を、佐奈江は一瞬で見抜いた。だからみずから悪役を演じ、手厳しいやり方で伊智子の殻を破ってやろうとしている。佐奈江にしたって、女の股間など舐めたいわけがない。彼女のクンニはやさしさの発露だ。曲がりなりにも同じ男をシェアした女に対し、シンパシーを抱いているに違いない……。

そう思いたい秋彦だったが、次の瞬間、自分の見立ては間違っていたかもしれないと思い直した。

「すごい濡れてるわよ。もうぐちょぐちょ……」

佐奈江が伊智子を見上げて笑った。アヒル口の口角をキュッと吊りあげ、さも楽しげに笑っている。唇もそのまわりも、女の蜜にまみれてテラテラと光っているのに、おかまいなしだ。

「こんなに濡らして、マグロなんて絶対嘘よねえ？　本当はオマンコ大好きなド淫乱です、って言ってごらん」

伊智子は真っ赤な顔で唇を嚙みしめ、首を横に振った。

「ふーん、まだ強がるんだ……」

佐奈江はいったん畳の上に置いていた電マを、あらためて右手でつかんだ。

「じゃあ、こんなのあてられても平気よね。クリちゃんにぐいぐい押しつけられても、なんにも感じないわよね？」

片脚吊りによってさらけだされた股間に、震動をするヘッドを押しつけようとする。

だが、それはフェイントで、伊智子が「ひっ！」と言って怯えた顔を見せるのを楽しんでいる。

(こっ、この人、本当はドSのレズビアンなのか……いや、男も好きだからバイセクシャル？)

そんな想念さえ浮かんでくるほど、伊智子をいじめることに夢中になっているように、秋彦には見えた。

「それともこっちがいいかしら？」

佐奈江は電マを左手に持ち替えると、右手の中指を口に含んだ。たっぷりと唾液をまとわせてから、伊智子に見せつけた。

「わたし、指でするのとっても上手よ。秋彦くんがいるからあんまり言いたくないけど……小五のときからオナニーばっかりしてて、いまでもしてる。毎日、ランチを食べたあとがオナニータイム。だからほら見て、爪も短いし、ネイルもしてないでしょう？　試してみる？　わたしの右手がどんなにいい仕事するか、あなたの体で感じてみちゃう？」

「いっ、いやっ……」

伊智子はひきつった顔を左右に振ったが、佐奈江はアヒル口に笑みをたたえながら、中指を割れ目に近づけていった。佐奈江のクンニによって、伊智子の花びらはだらしなく口を開いていた。中指の先端がそこに刺さり、ずぶずぶと奥に埋まっていく。

「ああぁっ……はぁあああっ……はぁあああっ……」

伊智子はもう、声をこらえることができなかった。伊智子でなくても、こらえることなんてできるわけがない、と秋彦は思った。

オナニストを自称する佐奈江の右手の中指は、伊智子の肉穴に深く埋まっていた。中でどんな動きをしているのかはわからないが、きっと同性にしかわからない急所がいくつもあるのだろう。

伊智子は最初、必死になって歯を食いしばって声をこらえていたが、急所を突かれるたびに、「あうっ！」と叫んで身をよじり、ガクガクと腰を震わせて、肉欲の沼に沈んでいった。

女の急所は、肉穴の中にだけあるわけではない。佐奈江は右手の中指を抜き差ししながら、クリトリスを舐め転がした。さらには、その女にとって最大の性感帯に、震動する電マのヘッドを押しつけていく。

先ほど、秋彦が佐奈江を一分で絶頂に追いこんだのと、よく似たやり方だった。しかし、佐奈江の愛撫はずっと丁寧で繊細だった。指の抜き差しも軽やかでゆっくりなら、電マのヘッドを押しつけてもすぐ離す。

しかし、それが繊細な愛撫だと思った秋彦は、おのれの浅はかさを思い知らされることになる。繊細なのではなく、意地悪なのだ。男の秋彦は一刻も早く相手をイカせることにプライオリティを置いていたが、女の佐奈江はそうではなかった。これは焦らしている、と気づいた瞬間、秋彦は戦慄した。感じさせても、そう簡単にはイカせないという、断固たる決意が伝わってきた。

(すごいな、佐奈江さん……こういうプレイ、やったことあるのかなあ？)

あるとは思えないから、なおさら凄みが伝わってくるのだ。伊智子は顔面偏差値が早慶クラスだが、佐奈江はセックスの才能がハーバード級かもしれない。

容姿も平凡なら、セックスの才能も月並みな秋彦には、伊智子の後ろに立ち、双乳を揉むことくらいしかできることがなかった。それだけでも眼もくらむほど興奮し、勃起しきったペニスがズボンやブリーフを突き破りそうだった。

伊智子の様子が、刻一刻と変わっていくからだ。

身をよじる動きは切羽つまっていくばかりだし、さらしものにされている全身がみるみる汗にまみれていく。彼女の髪型はショートマッシュだから、秋彦には首筋が見えていた。後ろから、汗の浮かんだうなじを舐めると、伊智子はビクッと身をすくめ、振り返って涙眼で睨んできた。

もちろん、それくらいで怯むような秋彦ではなかった。睨んできた、ということは効果があったわけだ。秋彦は、うなじにしつこく舌を這わせながら、左右の乳首をつまみあげた。コリコリに硬くなったあずき色の突起を指の間で押しつぶしては、爪を使ってくすぐりまわす。

「ああっ、いやっ……もうやめてっ……許してっ……」

伊智子がついに、哀願の言葉を吐いた。しかし、彼女が本当にやめることを望んでいるかというと、そうは見えなかった。佐奈江が中指を抜き差しするリズムに合わせて、腰が動きはじめている。ロープによって開かれた股間を、クイッ、クイッ、としゃくるような動きが、いやらしすぎて眼がくらむ。

そして、クリトリスに電マのヘッドを押しつけられれば、悲鳴を撒《ま》き散らす。震動が体の芯まで響いているようだった。ぶるぶるっ、ぶるぶるっ、と汗だくの裸身を淫らなまでに痙攣させている。

「オマンコが締まってきたわよ」

佐奈江が伊智子を見上げ、アヒル口に意味ありげな笑みを浮かべた。

「イッちゃいそうなんでしょ？」

「ちっ、違うっ……」

伊智子は首を横に振ったが、眼尻が限界まで垂れて、閉じることができなくなった唇がわなわなと震えていた。紅潮しきった顔中が汗にまみれ、鼻の頭から汗の粒がポタポタとしたたり落ちていく。

「でも、ものすごい締まりで、指が食いちぎられちゃいそうよ？」

伊智子は答えない。顔をそむけて唇を噛みしめていると、佐奈江の両眼に底意地の悪い光が灯った。肉穴に埋めていた中指を抜き、次の瞬間、人差し指を加えた二本指で、あらためて肉穴を穿《うが》った。

「はっ、はぁあああーっ！」

伊智子は眼を見開き、呆然とした顔になったが、それも束の間のことだった。佐奈江が二本指を動かしはじめた。中は見えないが、なにをしているのかは想像がついた。二本指を鉤《かぎ》状に折り曲げ、奥に溜まった蜜を掻きだすように動かしている。

秋彦も、よくやる愛撫だった。クンニのハイライトと言っていい。鉤状に折り曲げた指の先端を、Ｇスポットの凹みに引っかけるのだ。その反対側の表面にはクリトリスがある。恥丘を挟んで中と外から同時に急所を攻撃――しかも、いまクリトリスを刺激しているのは指でも舌でもなく、震動する電マのヘッドだ。

「いっ、いやあああーっ！　いやああああーっ！」

伊智子は激しく身をよじり、ぶら下がり健康器が軋《きし》みをあげて揺れた。倒れることまではなさそうだが、すさまじい反応だった。

（なにがマグロだよ。イッちゃいそうじゃないか……）

秋彦は脳味噌が沸騰しそうなほど興奮していたが、密かに傷ついてもいた。伊智子を抱いたとき、反応が薄かったのは、自分のせいであるような気がしてきたからだ。レズビアンでもない伊智子が、同性の愛撫でここまで感じているのだから、彼女が豊かな性感の持ち主であることは、もはや疑いようがない。

「ダッ、ダメッ……ダメよおっ……」

伊智子は小刻みに首を振りながら、上ずった声をもらした。声音に諦観《ていかん》が滲んでいた。いよいよ絶頂を我慢できなくなったらしい。

気が強い伊智子にとって、この場面でイッてしまうことは、死にも勝るような赤っ恥だろう。イケば佐奈江に笑われる。言葉の限りを尽くして罵《のの》しられ、淫乱であることを認めなさいと迫られる。

それでも、もはや意志の力ではどうすることもできないところまで、伊智子は追いつめられているようだった。うなじから背中にかけて、びっしりと汗の粒が浮かんでいる。体の痙攣もとまらない。気の毒なくらい顔が真っ赤になっているのは、息をとめているからだ。息をとめて身構え、絶頂の瞬間に備えている。いや、その瞬間に期待を寄せて待ち構えている。イケば赤っ恥だが、すべてを忘れられるような恍惚に浸れるという救いもある。

「ああぁっ……はぁああぁっ……はぁうううぅーっ！」

伊智子の口から、振りきったあえぎ声が放たれた。諦観を通りすぎ、彼女の頭の中はもう、イクことだけに占領されているのだろう。男で言えば、フィニッシュの連打を放っているときのようなもので、伊智子の顔はもはや、苦悶に歪んでいるだけではなく、淫らなまでに蕩《とろ》けはじめた。

だが、そのとき……。

肉穴から二本の指が抜かれた。クリトリスからも電マが離される。

「えっ？　えええっ？」

ハッと眼を見開いた伊智子は、なにが起こったのかわからないようだった。秋彦も呆気にとられた。伊智子は間違いなくイキそうだった。あと五秒も愛撫を続けていれば、自称マグロの嘘を粉々に打ち砕く、激しい絶頂シーンが拝めたはずだ。

佐奈江は立ちあがると、息のかかる距離で伊智子を見つめた。

「そんなに簡単にイカせてもらえると思った？」

伊智子は呆然とするばかりで、言葉すら返せない。

「いま、イキそうだったでしょ？」

佐奈江に乳首をツンとつかれ、

「あんっ……」

伊智子はきゅっと眉根を寄せ、やけに可愛らしい声をもらした。

「イキたかったら、イカせてくださいって、お願いしないとダメじゃないの。わたし、女の指でもイキまくっちゃうドスケベ女だから、イカせてください……イクときの情けない顔を見てください……笑いものにしてください……」

伊智子は悔しげに唇を嚙みしめているが、身をよじるのをやめられない。あと五秒で絶頂というところまで追いこまれ、刺激を取りあげられたのだ。寸止めのやるせなさは想像するのも怖いくらいで、頭の中は真っ白なはずだ。

「言わないなら、おあずけね」

佐奈江は喉の奥でククッと笑った。

「どこまで我慢できるかしら？　興奮が冷めてきたら、また可愛がってあげるわよ。でも、絶対にイカせない。あなたの態度があらたまるまで……」

佐奈江は汗にまみれた伊智子の双乳を両手ですくい、揉みしだいた。揉みながら、秋彦にニヤリと笑いかけた。

5

佐奈江は恐ろしい女だった。

伊智子の殻を破るどころか、プライドをへし折るまで絶頂を与える気はないらしく、有言実行で伊智子を生殺し地獄に叩き堕《お》とした。指と電マでよがらせては寸止め――それを何度となく繰り返したのである。

秋彦は、伊智子の精神が崩壊するのではないかと心配になった。

伊智子のやり方は寸止めの回数を重ねるごとに磨きがかけられていき、指と電マの愛撫をやめると、羽根と筆で伊智子の全身をくすぐりまわした。もちろん、秋彦も手伝わされた。

さらに、「イキたかったら自分でイキなさい」と、真っ赤なロープを股間にあてがった。佐奈江が伊智子の前、秋彦が後ろに立ち、それぞれロープを持って伊智子の股間に通したのだ。

つまり、伊智子が自分で腰を動かし、女の割れ目やクリトリスをロープにこすりつければ、快楽が得られる。羽根と筆でのくすぐりよりよほど気持ちがいいだろうし、何度も寸止めされて伊智子は正気を失う寸前だったから、腰を動かした。両手をバンザイの格好に拘束され、片脚までロープで吊られている格好で、クイッ、クイッ、と腰を動かす女の姿は、無残なほどに滑稽だった。佐奈江は「アハハ、アハハ」と笑いがとまらなかったが、秋彦は見てはいけないものを見てしまった気がした。

しかも、真っ赤なロープは最初こそ股間に食いこむような位置にあるが、イキそうになるとゆるめられる。割れ目やクリトリスにあたらなくなる。それでも必死に腰を動かす伊智子の姿は、拾い食いも辞さない欠食児童のようなみじめさで、高校時代の伊智子を知っている秋彦は、目頭が熱くなりそうになった。

（これが……我らが演劇部の絶対的ヒロインのなれの果てか……）

泣きそうにもなったが、次第に腹も立ってきた。伊智子がなぜここまでみじめな姿をさらしているかというと、彼女自身が頑《かたく》なにおねだりの言葉を拒んでいるからだ。さっさと佐奈江の軍門に下っていれば、ここまでの仕打ちは受けなかっただろう。なにより、思いきりイクことができる。伊智子は先ほど、自分はイカないと断言していた。嘘か本当かわからないが、もし本当なら、新しい世界の扉が開かれるのに……。

「まだ頑張るの？」

佐奈江が、うなだれている伊智子の顎をつかんで顔をあげさせる。

「あなたがマグロじゃないなんて、もうバレバレなんですけど。本当はエッチが大好きなんでしょ？　わたしに嫉妬して、この部屋に乗りこんできただけよね？」

「ちっ、違うっ……」

伊智子は首を横に振った。

「わたしは本当に、夫や恋人にマグロだの抱き心地が悪いだのって罵られて……先輩にだって、終わったあと可哀相な子を見るような眼で見られて……」

いったいどこまで強情っ張りなんだ！　と秋彦は怒声をあげてしまいそうになった。マグロだの抱き心地が悪いだの、そんなことはもうどうだっていいのだ。伊智子が意地を張ったままでは、次の展開に進めない。

かれこれもう一時間以上も、伊智子は焦らしている。だが、彼女を焦らしているということは、こちらも我慢しているということなのだ。興奮はとっくに限界を超え、イチモツは勃起しすぎて痛いくらいなのに、いったいいつになったらセックスができるのか？

最初、佐奈江が３Ｐを口にし、伊智子がそれを拒まなかったときは驚いたが、考えてみれば、男がひとり、女がふたりの３Ｐなんて、生涯に一度味わえれば幸運中の幸運と言っていい夢の世界なのである。金を払えば二輪車ができるソープ遊びとは訳が違う。相手はセックスの天才である人妻と、顔面偏差値七〇オーバーの美女。どちらでもいいから、さっさと抱きたい。なんなら、ふたりの尻を並べて交互に貫く、鶯《うぐいす》の谷渡りなるものを試してみたい。

「ちょっといい？」

佐奈江に手招きされ、部屋の隅に行った。

「秋彦くん、服を脱いで、硬くなったものを彼女のお尻に押しつけてもらえる？」

「はあ……」

秋彦は気の抜けた返事をしたが、内心で小躍りしていた。勃起しすぎたイチモツがブリーフに締めつけられ、苦しくてしかたなかったのだ。それに、裸になればセックスにも一歩近づける気がする。

服を脱いで全裸になると、股間で反り返っているイチモツに視線を感じた。見ていたのは伊智子だった。うつむきがちで、顔もこちらに向けていないが、横眼で熱っぽくペニスを眺め、ごくり、と生唾まで呑みこんだ。

この前の彼女は反応が薄いだけではなく、欲望すらあまり感じなかったので、驚くばかりの豹変ぶりだった。焦らし抜かれ、汗まみれになっている伊智子からは、欲情ばかりが伝わってくる。

（だったら早く素直になれよ……馬鹿なのか、まったく……）

後ろにまわりこみ、腰をつかんだ。伊智子の腰は細い柳腰だ。くびれは少なくとも、たまらなく女らしい。

「あっ……」

ペニスを尻に押しつけると、伊智子は小さく声をもらした。てっきり振り返ると思っていたが、振り返らなかった。物欲しげな顔を拝んでやろうと、

「こっち向けよ」

と声をかけたが、

「いやです」

きっぱりと拒まれた。

「あなたねえ……」

伊智子の前にしゃがみこんでいる佐奈江が、呆れたように言う。

「お尻の穴までさらけだしておいて、どうしてそう反抗的なの？　女は可愛らしいのがいちばんよ。ツンツンしてても損するだけ」

「あっ……くううっ！」

佐奈江の指に肉穴をえぐられ、伊智子は身をこわばらせた。

「そろそろ、女の指じゃ物足りなくなってきたんじゃない？　お尻にあたってるものが欲しいでしょ？　秋彦くんのオチンチン、立派だもんねえ。おまけに今日は、あなたのいやらしすぎる醜態《しゅうたい》を見て、ものすごく硬くなってそう……」

そうだったのか！　と秋彦は内心で声をあげた。佐奈江がここまで伊智子にきつくあたっている理由がようやくわかった。彼女はドSでもなければ、バイセクシャルでもない。セックスの才能は人より恵まれているかもしれないが、そういうことではなく、先ほどの自分の醜態を打ち消したいのである。

豊満な乳房を真っ赤なロープでくびりだされ、M字開脚に拘束されて、電マとディルドで二度も立てつづけにゆき果てた。三度目の絶頂など、フェラをしながら潮まで吹いた。

もちろん、起こったことをなくすことはできないけれど、縛りあげられて股間に電マをあてられれば、女なら誰だって我を失うほどよがり泣いてしまうことを証明したいのである。そして、相対的に自分の醜態を低く見せる。そのためには、伊智子が乱れれば乱れるほどいい……。

せこいと言えばせこいけれど、佐奈江のそういうところが、秋彦は嫌いではなかった。可愛いな、とさえ思う。しかし、そんな可愛い人妻も、いよいよもって堪忍袋の緒が切れようとしていた。

「ほら、言いなさいよ。女の指じゃなくてオチンチンをオマンコに入れてって、素直におねだりしてごらん」

いくら言っても伊智子が頑なに首を横に振るので、

「もうやーめた」

佐奈江はうんざりした顔で立ちあがった。

「秋彦くん、もういいわよ。こんなむっつりスケベは放っておいて、ふたりで楽しみましょう」

「はっ、はあ……」

呆然としている秋彦のほうに、佐奈江はまわりこんできた。手を取られ、伊智子の前に引っぱっていかれた。ぶら下がり健康器から五十センチほどの距離である。佐奈江は秋彦の足元にしゃがみこむと、唇をOの字に開いた。普段は可愛いアヒル口が、暴力的ないやらしさを振りまきながら、亀頭をずっぽりと咥えこんでいく。

「おっ、おおおっ……」

生温かい口内粘膜のヌメりつく感触に、声がもれてしまう。先ほどは男性上位のシックスナインで、口内射精を遂げた。あれもたまらなく気持ちよかったが、あの体勢で見えているのは女の股間だ。

だが、この仁王立ちフェラであれば、佐奈江の可愛い顔がよく見える。虫も殺さないような顔をしているくせに、双頬をべっこりとへこませて、勃起しきったペニスをさもおいしそうにしゃぶりあげてくる。

(たっ、たまらないよ……)

秋彦は両の拳を握りしめて腰を反らし、体中を小刻みに震わせた。佐奈江にはもう、何度となくフェラチオをされているが、されるたびに気持ちがよくなっていく気がする。おそらく、こちらの性感のポイントを押さえているからだ。

「むほっ、むほっ」と鼻息も荒々しく唇をスライドさせては、口内でねろねろと舌を動かす。口内で、というところがポイントだ。秋彦は一度咥えられたらずっと咥えつづけてほしいタチなので、それを見抜いた佐奈江は、いったん口唇からペニスを引き抜いて、舌を使うことをしない。

（さっ、さすがだよ……これぞ人妻のすっぽんフェラだよ……）

ペニスが限界を超えて硬くなっていくのを感じながらも、秋彦は伊智子が気になってしかたがなかった。ペニスを熱烈にしゃぶりあげている佐奈江は、秋彦と視線をからめあわせている。自分から眼を離すなという無言のメッセージを送りながら……それでも気になったので、佐奈江が下を向いた一瞬の隙を突き、横眼で伊智子の様子をうかがう。

紅潮しきった顔をそむけ、唇をきつく嚙みしめていた。両手をバンザイ、片脚まで吊られた不自由な体をしきりによじらせ、剝きだしになっている女の花から匂いたつ蜜を漏らしている。

淋しそうだった。

女の裸は——それも伊智子ほどの美女なら、服を脱いだだけで圧倒的な風格がある。それだけで完結して見えるというか、触れてはいけないような神聖さもあれば、国宝級の美術品にも劣らない眼福を与えてくれる。

だが、愛撫を途中で取りあげられた裸身は、ただひたすらに淋しそうだった。欲情しきっているからじっとしていられず、けれども片脚を吊られていては足踏みすることさえままならないまま、みじめな格好で身をよじるばかりなのだ。

「ああっ、もう欲しい……我慢できない……」

佐奈江が口のまわりの唾液を拭いながら、蕩けるような眼つきで秋彦を見上げた。うながされるままに畳の上であお向けになると、腰の上にまたがってきた。

佐奈江はミルク色のベビードールを着て、白いレースのパンティを穿いたままだった。もはやパンティを脱ぐことすら面倒くさいようで、フロント部分を片側に寄せて黒々と茂った草むらをさらけだした。硬く屹立したペニスに手を添え、草むらの奥に隠れている入口に切っ先を導いていく。ヌルッとした感触が、亀頭に訪れる。

「いっ、入れるわよ……」

こちらを見下ろしている佐奈江の顔が、一瞬こわばった。緊張が伝わってきた。伊智子の視線を意識している、と秋彦は直感的に思った。

ドSのように振る舞いつつも、人前でセックスするのは恥ずかしいのだ。考えてみれば当たり前である。佐奈江にとって伊智子は、名前も知らない赤の他人。その前でセックスするのは、SMに勝るとも劣らない変態プレイだろう。もしかすると、ベビードールやパンティを脱がなかったのは、面倒くさかったからではないのかもしれない。自分より若くて細い女の前で、裸になりたくなかったのだ。

「んんんっ……」

佐奈江が腰を落としてくる。肉穴は奥の奥まで潤みきっていた。佐奈江はそこにゆつくりとペニスを収めると、とめていた息ごと、「あああーっ！」と甲高い声を吐きだした。結合感を嚙みしめることもせず、いきなり腰を使いはじめた。

「きっ、気持ちいい……」

クイッ、クイッ、と股間をしゃくるように動きながら、佐奈江が言う。秋彦に言ったのではない。あきらかに、伊智子に対して言っている。

「わたしねえ、無人島になにかひとつだけ持っていくとしたら、絶対にオチンチン。自分でするのも気持ちいいけど、オチンチンには敵《かな》わない。とくに秋彦くんのは……ああっ、当たるっ！　いいところに当たってるううーっ！」

腰振りのピッチをあげながら、佐奈江が叫ぶように言う。

そうなると、さすがに秋彦もじっとしていられなくなった。自分の腰を挟んでいる太腿を撫でまわし、むっちりした肉感と肌のなめらかさを味わう。そのまま両手を上に這わせていき、ベビードールの中に侵入していけば、たっぷりした巨乳の裾野が迎えてくれる。下からすくいあげ、指を食いこませて揉みしだく。

セックスをしているところを、第三者に見られるのは恥ずかしい。一緒の布団の上で3Pを楽しんでいるならともかく、伊智子はただ見ているだけだ。後輩の前で、発情した牡犬の顔をさらしたくない。

佐奈江が上に乗ってきたのをいいことに、秋彦は彼女にすべてをまかせておこうと思った。しかし、事ここに至っては無理だった。鼻息を荒げて巨乳を揉みくちゃにし、乳首をつまみあげた。その刺激に佐奈江が腰振りのピッチをあげれば、腰を反らして下から深々と貫いていく。

「なっ、なんなのっ……」

伊智子の尖った声が聞こえた。秋彦と佐奈江は眼を見合わせてから、ぶら下がり健康器のほうに顔を向けた。

「わっ、わたしもっ……わたしも仲間に入れてよっ！　3Pって言ってたじゃない。わたしだけ放置なんておかしいでしょっ！」

佐奈江が腰の動きをとめた。ふーっ、と長い息を吐くと、ペニスを抜いて立ちあがり、伊智子に近づいていく。

「あなたが素直にならないからいけないんでしょ」

落ちついた低い声で、諭すように言った。

「仲間に入れてほしいなら、もっと可愛くおねだりしなさいよ。マグロって嘘ついてごめんなさい。オマンコ可愛がってくださいって言ってごらん」

しばらくの間、息づまる沈黙があったが、

「……セックス、したい」

涙の浮かんだ恨みがましい眼つきで、伊智子は言った。

「違うでしょ」

佐奈江が鼻で笑う。

「……オッ、オマンコ」

「オマンコがどうしたのよ？」

「うっ、疼きすぎて頭がおかしくなりそう……あっ、あなたのせいよ。あなたが意地悪ばっかりするから、わたしっ……わたしっ……」

伊智子はとうとう涙を流しはじめたが、佐奈江はやれやれと溜息をつき、

「あなたって、とことん可愛くなれないのね」

秋彦に顔を向けて手招きした。

「あそこのロープはずして」

佐奈江が指差したのは、伊智子の右手を拘束している真っ赤なロープだった。秋彦は訳がわからないまま、ぶら下がり健康器によじ登って、ロープをほどいた。左手はまだ拘束されていたが、伊智子は右手だけ自由になった。

「はい」

佐奈江が伊智子に電マを渡す。スイッチが入ってヘッドが震動している。

「オマンコが疼いてしようがないなら、自分でなんとかしなさい」

伊智子は眼を見開き、限界まで顔をこわばらせた。秋彦も戦慄していた。佐奈江は

伊智子に、電マを使ってオナニーしろと言っているのだ。

（おっ、鬼だっ……可愛い顔して、この人は鬼なんだっ……）

いくら佐奈江が伊智子をいじめていても、てっきり最後は仲よく三人でセックスして大団円、という筋書きだと思っていた。意地でも軍門に下らない伊智子も伊智子だが、佐奈江の非情さには言葉を失う。

「ううっ……ううう
っ……」

伊智子は右手に持った電マをおぞましげな眼つきで見ている、それでも、投げ捨てはしない。佐奈江のひどい仕打ちに絶望しても、捨てられない。伊智子はすでに、電マの威力を知っている。焦らしに焦らし抜かれ、欲情が高まりきったいまの状態で股間にそれをあてがえば、すぐにでもイケると思っているに違いない。

それでも伊智子が、なかなかオナニーを始められないでいると、焦れた佐奈江はぶら下がり健康器の横側のバーを両手でつかみ、尻を突きだしてきた。立ちバックの体勢である。

「ねえ、オチンチンちょうだい」

佐奈江が巨尻を振りたてる。

「オマンコ淋しいの。秋彦くんの逞しいオチンチン、ぶちこんでええ……」

鬼と化した佐奈江は、顔に似合わないあばずれなムードさえ振りまきながら、挿入を求めてきた。あばずれであろうがなかろうが、ミルク色のベビードールを着た彼女の後ろ姿は、扇情的としか言い様がなかった。秋彦はベビードールの裾をめくり、パンティを膝までさげた。股布を片側に寄せても挿入できるが、巨尻の全貌を拝みながらのほうがこちらの腰使いに熱がこもる。

ずぶっ、と亀頭を埋めこんだ。そのまま奥に進み、ずんっ、と突きあげると、

「はっ、はぁううぅっ！」

佐奈江はくびれた腰を反らして声をあげた。正面にいる伊智子からは、ベビードールの中でタプタプはずむ巨乳の様子がうかがえたはずだ。

佐奈江の中はよく濡れていた。濡れすぎているくらいだったので、秋彦はすかさず連打を叩きこんだ。パンパンッ、パンパンッ、と巨尻を鳴らして突きあげれば、佐奈江はひぃひぃと喉を絞ってよがり泣いた。秋彦から、その顔は見えない。見えているのは伊智子の顔だ。

視線が佐奈江の顔に向かっていた。唖然として、唇を震わせている。おそらく、自称マグロの度肝を抜く、いやらしすぎるよがり顔をしているのだろう。

「いいっ！　いいっ！　もっとちょうだいっ！　もっとちょうだいっ！」

佐奈江のボルテージは上昇していくばかりだったが、秋彦も負けてはいなかった。息をとめて怒濤《どとう》の連打を送りこんでは、腰をグラインドさせて中をねちっこく掻き混

ぜてやる。内側の肉ひだをカリのくびれで逆撫でするように抜き差しすれば、新鮮な蜜がどっとあふれて玉袋の裏まで垂れてくる。

そんなにも興奮しているのは、伊智子の顔が見えているからだった。佐奈江のよがり顔を見て呆れたり、苦りきったり、眼を泳がせたり……葛藤が伝わってくる。彼女の欲情は限界を超えている。自分の口で、疼きすぎて頭がおかしくなりそうと言っていたくらいだ。右手に持った電マを股間にあてがうのは、時間の問題だろう。あともう少しで、初恋の君が身も世もない恥をさらすことになる。

「せっ、先輩っ……」

伊智子がすがるようにこちらを見た。端整な美貌がぐにゃりと歪み、大粒の涙がボロボロと頬にこぼれ落ちた。

「せっ、先輩っ……こっち見ないでっ……見ないでくださいっ！」

絶叫すると、右手に持った電マを股間に向けた。震動するヘッドが、パイパンの割れ目に押しつけられる。

「はっ、はぁうううううーっ！」

伊智子の口から放たれた声は、彼女の声ではないみたいだった。恥にまみれていた。と同時に、発情しきった獣の咆哮を彷彿とさせた。

恥にまみれながら、伊智子は人間でいることを放棄したのだ。彼女はいま、伊智子というひとりの女ではなく、ただ一匹の獣の牝だった。涙をボロボロ流しているが、それはもはや、淫ら色をした歓喜の涙に他ならなかった。

ショートマッシュの黒髪を振り乱し、喉を突きだす。全身をわななかせながら、電マの震動を噛みしめる。丸々とした乳房が上下に激しく揺れはずみ、あずき色の乳首から汗の粒が飛ぶ。

絶頂が近そうだった。秋彦はしっかり見届けてやろうと思った。パンパンッ、パンパンッ、と佐奈江の尻を打ち鳴らしながらも、意識は伊智子に奪われていた。初恋の女が自分の殻を破る瞬間を、見届けずにはいられなかった。

「ああっ……あああっ……」

伊智子が眼を開き、こちらを見た。半開きの唇から、唾液が糸を引いて胸元に垂れていく。それをかまうことができないほど、彼女は肉の悦《よろこ》びに溺れている。

「イッ、イキそうっ……わたし、イッちゃいそうっ……」

焦点の合わなくなった眼で、不安と期待を見つめている。

「ごっ、ごめんなさいっ……わたし、マグロじゃなかった……マグロって嘘ついてごめんなさいっ……マグロじゃなくてごめんなさいいいいーっ！　ごめんなさいいいいーっ！　はぁあああああーっ！」

左手と左脚をいまなお拘束されている伊智子の裸身が、雷に打たれたように跳ねあがった。細身の体が大きく反り、衝撃を受けとめる。ビクビクッ、ビクビクッ、と激しく震える。

体の内側を走りまわっている電流が、秋彦にも見えるようだった。快楽の電流だ。その姿は、この世のものとは思えないほどいやらしく、それでいて美しかった。こんなにも完璧にいやらしさと美しさが共存している光景を見たのは初めてだった。

ごめんなさいと謝りながら果てた伊智子は、けれどもとても嬉しそうだった。女のイキ顔は苦しみ悶えているように見えるものだが、そうであってなお、悦びのほうが強く伝わってきた。マグロでなかったことをいちばん祝福しているのは、他ならぬ彼女自身に違いないから……。

できることなら、もっとじっくりと拝みたかったが、

「ああっ、わたしもっ……わたしもイキそうっ……」

佐奈江が上ずった言った。兆候は感じていた。肉穴の締まりがにかわに増し、突いても突いても、さらに奥までペニスが引きずりこまれていく。

「あああっ、ダメッ……もうダメッ……わたしもイクッ……イクイクイクッ……はっ、はぁおおおおおーっ！」

佐奈江が絶頂に達すると、繋がっている性器を通じて、彼女の体の痙攣が伝わってきた。いつもより震えていた。アブノーマルなセックスに、佐奈江もまた、いつも以

上に興奮している。痙攣を伝えながら締まりを増した肉穴が、男の精を吸いだしにかかる。

「こっ、こっちもっ……こっちも出ますっ……」

秋彦にも限界が訪れた。激しい絶頂に達した肉穴を貫いていて、これ以上我慢するのは不可能だった。

「出るっ……もう出るっ！」

パンパンッ、パンパンッ、と音をたててフィニッシュの連打を打ちこむと、射精寸前でペニスを抜いた。佐奈江の漏らした蜜でドロドロになったイチモツをつかみ、自分でしごいて噴射する。鏡餅のような巨尻に向けて、熱い粘液をぶちまける。

「おおおっ……おおおおっ……」

最後の一滴まで漏らしきると、秋彦はハアハアと肩で息をした。しばらくは、呼吸を整える以外になにもできそうもなかったが、心は満たされていた。三人がほぼ同時にイッたのだから、これぞ大団円。そんな気分だったのだが、ひとりだけ、まだ終わりを受け入れられない者がいた。

「ああっ、いやっ……またイッちゃうっ……またイッちゃいそうっ……」

伊智子はまだしつこく、股間に電マのヘッドをあてていた。一度イッたにもかかわらず、股間から離さなかったのだ。マグロを自称していたくせに、どこまで貪欲な女なのだろう。そして電マの震動は、貪欲な女の期待をきっちり受けとめてくれる。連続絶頂も簡単に成し遂げられる、夢の道具なのである。

「イッ、イクッ……またイッちゃうっ……ああっ、いやあああっ……いやいやいやいやあああああーっ！」

ビクンッ、ビクンッ、と細身の体を跳ねさせて絶頂に達した瞬間、伊智子の股間から飛沫が飛んだ。潮吹きだったが、ただの潮吹きではなかった。飛沫からやや遅れて、一本の放物線が伊智子の股間から噴射した。ジョーッと音をたてて、足元にみるみる水たまりができていく。

放尿だった。

伊智子はあまりに激しい絶頂に、潮吹きどころか失禁してしまったらしい。

（マッ、マジか……）

長々と続く放尿の一本線を、秋彦は呆然とした顔で眺めていた。ぶら下がり健康器は、畳の上に置いてある。つまり、伊智子がお漏らしし、水たまりをつくっているのは畳の上。そしてこの部屋の住人は、秋彦なのである。

第五章　羞じらいのシズク

1

週末が迫ってきた。

秋彦はいつになく落ち着かない気分で、金曜日の夜を迎えた。

普段なら、明日の土曜日は佐奈江との逢瀬の日だ。瀟洒な隣家のスタイリッシュなリビングで、豪華な料理に舌鼓《したづつみ》を打ち、人妻と組んずほぐれつの一泊二日。

(明日はどうすればいいのかな？　いつも通り佐奈江さんの家に行けばいいのか、それとも……)

先週の逢瀬がなにもかもイレギュラーだったせいで、秋彦は戸惑っていた。まず、佐奈江が秋彦の部屋にやってきたことからしていつもと違ったし、押し入れにしまってあったラブグッズが見つかってＳＭプレイ。おまけに、招かざる客まで登場して、変則的な3Pが始まってしまった。

興奮したと言えば興奮した。佐奈江が伊智子を寸止め地獄で責めまくる様子は鬼気迫っており、自分にはなかったはずの変態的、アブノーマルな感性がビンビン刺激されたことは事実である。最後には、いちおう三人がほぼ同時にイクことができたので、満足感も高かった。

ただ、最後の最後がうまくなかった。

伊智子が畳の上に失禁してしまったせいで、秋彦は射精の余韻を味わう暇もなく、雑巾とバケツを持ってきて掃除を始めなければならなかった。伊智子はすっかり落ちこんでしまい、ほとんど口をきかないまま自分の部屋に戻っていった。残された秋彦と佐奈江も、三回戦を始める雰囲気ではなく、なんとなくしらけてしまって、そのまま解散になった。次の逢瀬をどうするか、相談もできないまま……。

(とりあえず佐奈江さんちに行ってみるしかないな。こっちに来るつもりなら、早めに来るだろうし……)

お互いの連絡先を知らないから、こういう場合はとても困る。浮気の痕跡を残したくないからだろう、佐奈江はLINEのアドレスや電話番号を交換をしようとは絶対に言わない。ふわっとした主婦に見えて、そのあたりはとてもきっちりしている。スーパーなどでばったり顔を合わせても、言葉を交わすことはなく、よくて会釈、ほとんどはスルーされる。

もちろん、それでいい。彼女の浮気が夫にバレた場合、関係者全員が不幸になるからだ。バレなければ全員が幸福——陰で浮気をされている佐奈江の夫のどこが幸福なんだ？　という意見もあるかもしれないが、週末に思う存分欲求不満を解消している佐奈江は、平日いつもご機嫌らしい。鼻歌まじりで家事をこなし、いままで以上に夫に尽くしているという。幸福に決まっているではないか。

ただ、問題がひとつあった。

伊智子である。

逢瀬が佐奈江の家なら問題ないが、彼女が秋彦の部屋に来た場合、隣屋まで気配が伝わる。伊智子がまたやってくるかもしれないと思うと、たまらなく気が重い。

過ぎ去った先週の出来事は、おそらくいい思い出として記憶に残るだろう。これから先、あれ以上淫らなシチュエーションに出くわすとも思えないから、爺さんになったあかつきには、若き日の武勇伝として酒場で披露してもいいくらいだ。

しかし、もう一度やってみたいとは思わない。

秋彦が好きなのは、フレンチトーストの甘い匂いが漂ってきそうなステキ主婦であり、鬼と化したドSのバイセクシャルではないのだ。そんなことより、いままで通りごくノーマルだが、濃厚なセックスを楽しみたい。ステキ主婦がスケベ主婦に豹変する、胸躍る瞬間を大切にしたい。

この前つくづく思い知ったが、3Pを楽しむには、秋彦は力不足なのである。自分が積極的にその場をリードし、なおかつふたりの女をしっかり満足させるという、性豪のような真似なんてできやしない。

だが、呼んでもいない伊智子が図々しくやってきたら、またあの3Pが始まってしまう可能性がある。

それは避けたい。

もちろん、伊智子のことだって気にはなっている。失禁して畳を汚した罪悪感に肩を落として帰っていく後ろ姿には、哀愁が漂っていた。彼女が悪いわけではないし、責めるつもりもないのだが、その場で慰めてやることができなかった。あれから一度も会っていない。伊智子はいま、どんな顔をしているのだろうか？　まだ落ちこんでいるのか、それとも……。

（晩飯、どうするかな……）

人間関係に気を揉んでいても、腹が減るのが人間だった。冷蔵庫をのぞくと、卵とニラがあった。ごはんを炊くのが面倒くさいから、ニラ玉炒めをつまみに晩酌することにする。二十九円の激安発泡酒なら、冷蔵庫で大量に冷えている。

ピンポーン、と呼び鈴が鳴った。

伊智子かもしれないと思うと、途端に緊張した。

ドアを開けると、予想通りの人物が小鍋を持って立っていた。上下ともグレイのスウェットスーツ姿だった。ご丁寧に、頭にフードまで被っている。そんな格好でもスタイルのよさを隠しきれないところは、さすがと言っていい。気まずげにうつむいているが、どういうわけか顔がひどく赤い。

「肉じゃが、つくりすぎちゃったから食べないかなあって……」

うつむいたまま、消え入りそうな声で言う。

「ああ……」

秋彦は眼を泳がせながらうなずいた。全裸でぶら下がり健康器に拘束されていた姿が、脳裏に浮かんでは消えていく。気まずい。

「ちょうど一杯やろうと思ってたところなんだ。ありがたくいただくよ……」

鍋を受けとろうとしたが、伊智子が取っ手から手を離さない。

「なんだよ？」

「一緒に食べない？」

チラともこちらを見ずに言う。

「……いいけどね」

要するに仲直りがしたいのか、と秋彦は胸底でつぶやいた。伊智子をリビングに通し、冷蔵庫から卵とニラを出した。

「ニラ玉炒め、高瀬も食う？」

「ウェイパー使うと本格的な味つけになりますよ」

「知ってるよ、そんなこたぁ。ってゆーか、なんでそんなに顔が赤いの？　風邪だったら帰れよ。うつされたくないから」

「お酒飲んでるんです」

「家で？　ひとりで？」

「肉じゃがつくりながら」

「やだねえ、キッチンドランカー」

「誓って言いますが、家でひとり飲みしたのは初めてです」

「なんで飲んだの？　やなことでもあった？」

伊智子は黙したまま食卓代わりの段ボール箱に小鍋を置き、床に座った。なぜか正座だ。

放っておくことにして、秋彦はニラ玉炒めをつくりはじめた。リビングに背中を向けているから、伊智子の姿は視界に入っていなかった。完成したニラ玉炒めを皿に盛って振り返ると、彼女の姿が消えていた。

「……ふうっ」

秋彦は段ボール箱に皿を置き、寝室に入っていった。襖が開いていたから、そこにいるのはすぐにわかった。

伊智子はぶら下がり健康器の前で四つん這いになり、くんくんと鼻を鳴らして畳の臭いを嗅いでいた。

「犬かよ」

苦笑するしかなかった。

「マーキングが消えてないかどうか気になるのか？」

「すいませんでした」

伊智子は四つん這いのまま、深々と頭をさげた。土下座である。

「先輩の部屋の畳を汚してしまって……自分でもなんであんなことになったのかわからないですけど、本当にごめんなさい」

秋彦はピンときた。

「それを言う勇気を振り絞るために、酒飲んでたのか？」

「……正解」

「気にするなよ。ファブリーズかけたから、臭いも残ってないだろ」

「……そうみたいですが」

「じゃあ、もう忘れていい。わざとやったわけでもないんだし」

「わたしは忘れませんけどね」

顔をあげ、上目遣いで睨んできた。表情から気まずげな雰囲気もしおらしさも、綺麗さっぱり消え去っていた。

「わたしは自分がしでかした粗相《そそう》を、いましっかり謝りました。でも、先輩だってわたしに謝ること、あるんじゃないですか？」

「……なんだよ？」

秋彦は身構えた。先週末のことなら、思いあたる節がありすぎる。

伊智子は立ちあがると、大きな眼でまっすぐに秋彦を見つめて言った。

「わたしが見ないでって泣きながらお願いしたのに、しっかり見てたでしょ？」

「そりゃおまえ……見るだろ」

「どうして？」

「だってほら……高瀬みたいな美人中の美人がさ……オッ、オナニーしてるとか、見たくない男はいないんじゃ……」

「安い褒め言葉で誤魔化さないでください。わたし、死ぬほど恥ずかしかったです」

「そりゃそうだろ」

「謝ってください」

「やだね」

秋彦があまりにもきっぱりと拒んだので、伊智子はひどく驚いたようだった。

「だいたい、おまえが悪いんだろ。人の部屋に勝手にあがりこんで、見学させろとか、3Pがどうこうとか……」

「それとこれとは話が違います」

「事の発端は高瀬だったって言ってんの」

「好きな人が泣きながら頼んでることくらい、叶《かな》えてくれたっていいじゃないですか。眼をつぶればすむことでしょ。好きじゃないんですか？　わたしのこと……」

「好きじゃねえよ」

「こないだ好きって言ったじゃないですか」

「高校時代の話だよ」

「愛は永遠じゃないのかしら？」

「永遠じゃないから、おまえは離婚するんだろうが」

「ううっ……」

言い負かされた伊智子は、悔しげに唇を嚙みしめた。

「心配するな。オナニーしてるおまえは可愛かったよ。高校時代より輝いてたんじゃないか。イクときなんて後光が差して見えたもんな」

伊智子はふーっと大きく息を吐きだし、

「わたし……生まれて初めて……イキました」

細身の体を恥ずかしそうによじりながら言った。

「よかったな」

「本当に？　わたし、怖いんですけど。初めてイッたのがあんなアブノーマルなシチュエーションで、またボタンの掛け違いにならないか……」

視線と視線がぶつかった。ぷっ、と吹きだしたのは、秋彦が先だったか、伊智子が先だったか……気がつけば、お互い腹を抱えて笑っていた。

彼女とは、昔から笑いのツボがよく似ていた。それすらなければ、いくら美人とはいえ、年下の女に顎で使われているのはつらい。こんなふうに眼を見合わせて笑いあったあとは、いつだって親和的なムードが訪れる。

だが、そのとき。

キャーッという女の悲鳴が、窓の外から聞こえてきた。秋彦と伊智子は、笑顔をなくして眼を見合わせた。寝室の窓の外は、佐奈江の家だ。

2

秋彦は素早い動きで壁際のスイッチを切り、照明を消した。窓を開けるためだ。外が夜の闇なら、暗い部屋の中は見えない。

それでも念のため、ほんの少しカーテンを開け、続いて窓もちょっとだけ開ける。

いつも布団を干しているベランダの向こうは、佐奈江の家の庭である。リビングのガラス戸が開け放たれ、佐奈江の夫が庭に物を投げていた。皿、スリッパ、クッション、コーヒーカップ、テーブルクロス……手当たり次第という感じだ。

「やめてっ、あなたっ！」

佐奈江が甲高い声をあげて制止しようとする。夫は怒りの形相で、ローテーブルまで頭の上に持ちあげた。庭の地面は芝生だが、ローテーブルの天板はガラス製だ。頭の上からぶん投げれば、当然のようにガッチャーンと音をたてて砕け散った。

「なにするのよ、もうっ！」

「おまえが浮気なんかするからいけないんだろっ！」

血の出るような夫の叫びに、秋彦は息を呑んだ。いつの間にか隣にいた伊智子も、仰天しているようだ。

「あなたがわたしを放っておくからいけないんでしょっ！」

「否定もせずに、そうやって開き直るところも許せない。誰のために汗水垂らして働いていると思ってるんだ？　週末のたび、おまえに淋しい思いをさせているのはわかってるさ。でも、こっちには週末なんてない。土日も休まずに働いてる。おまえを喜ばせるために、分不相応な家なんか建てちまったからなっ！」

「家を建てたのはわたしだけのため？」

「ふたりのためだよ。揚げ足を取るんじゃない」

夫は床に落ちていた紙を拾い、佐奈江に突きつけた。

「この密告文によれば、おまえは毎週末、若い男とよろしくやってるそうじゃないか。しかも、ただの浮気じゃない。複数プレイなんて、考えただけでおぞましいことまでして……おまえってそんな女だったのか？　乱交パーティピープルか？」

佐奈江は顔をそむけて答えない。

「謝れっ！　土下座して謝って、二度と浮気はしないと誓えば、今度ばかりは許してやる」

「謝らない」

佐奈江は地を這うような低い声で続けた。

「女にはねえ、セックスが必要なのよ。浮気したおかげで、それが骨身に染みてよくわかりました。あなたが抱いてくれない以上、他でするしかないじゃないの。絶対やめないから、浮気」

「なんだと……」

火花を散らすような勢いで、夫婦は睨みあった。夫の怒りもすさまじいが、佐奈江も怒り狂っている。セックスレスの恨みは、かくも根深いということか。

（……密告文だって？）

秋彦の心臓は、ドクンッ、ドクンッ、と早鐘を打っていた。佐奈江は浮気がバレないように、しっかりとディフェンスを固めていた。にもかかわらずバレたのは、誰かが佐奈江の浮気をリークしたからなのだ。

（……こいつか？）

横眼で伊智子を見て、ギリリと歯噛みする。彼女なら、それくらいのことはやりかねない。隣家の夫婦喧嘩を見ている伊智子は、大きな眼を真ん丸に見開き、ポカンと口を開いている。

（腹立つ顔しやがって、いったいなに考えてんだ……）

拘束されていじめ抜かれた意趣返しか？　あるいは秋彦を独占したいからなのか？　いずれにしろ、とんでもないことをしでかしてくれた。伊智子がポカンとしているのは、佐奈江が夫に泣いて謝ると思っていたからだろう。だが、結果はまったくの逆だった。佐奈江に謝る気配はない。このままでは家庭が崩壊するかもしれないし、下手をすれば刃傷沙汰《にんじょうざた》である。

（ダンナが手をあげたら、飛びだしていってとめるしかないぞ。後のことは後のことだ……）

秋彦は固唾を呑んで様子を見守りながら、物音に注意してカーテンと窓を大きく開けた。いつでも飛びだしていけるように……。

「そんなにセックスが大事なのか？」

夫に問われ、

「そうね」

佐奈江はきっぱりとうなずいた。

「いまの生活はね、おしゃれなレストランで豪華な料理を並べられて、でもうちにはワインもシャンパンもありません、って言われてるようなものよ」

「じゃあ、抱いてやるから裸になれ」

「はあ？　こんな殺伐とした雰囲気でできるわけないでしょ。わたしはいまね、役所に行って離婚届けをもらってこなきゃとか、両親にどうやって事情を説明しようかって考えてるんだから」

「いいから脱げよ」

夫が佐奈江に組みついていく。佐奈江はピンク色の半袖ニットと白いロングのプリーツスカートという格好だった。ニットは上半身にぴったり密着しているから、豊満な乳房の形状が丸わかりだ。夫はそれをむんずとつかんで、わしわしと揉みしだく。ひどく乱暴なやり方である。

「いやっ、やめてっ！」

佐奈江は悲鳴をあげて身をよじった。しかし、夫は背が高いし、服を着ていても筋骨隆々なのがわかる。見るからに敵いそうもない。口喧嘩では佐奈江が押していたような気がするが、力勝負では分が悪すぎる。

「そこに手をつくんだ」

対面式のキッチンカウンターに、佐奈江は両手をつかされた。白いロングのプリーツスカートがめくりあげられ、ゴールドベージュのパンティが見えた。巨尻を飾るバックレースも可愛らしいが、家の中でもストッキングを着けているのが佐奈江らしい。

スパーンッ！　と乾いた音がした。

夫が佐奈江の尻を叩いたのだ。スパーンッ！　スパパーンッ！　と連打される。これはまさしく「ダンナが手をあげた」状況に他ならなかった。それでも、秋彦はピクリとも動けない。スパーンッ！　と尻を叩かれるたびに、

「……ああっ」

佐奈江が小さくもらす声が、異様に色っぽかったからだ。遠眼で見ているのに、吐息がピンク色に染まっているように感じられたほどだった。

「おまえは尻を叩かれるのが大好きな女だもんな……」

夫は佐奈江のパンティとストッキングを乱暴にずりおろした。

「浮気相手にも叩いてもらったのか？　年下の男に、お尻を叩いてっておねだりしたか？」

スパーンッ！　と剝きだしの巨尻に手のひらが飛ぶ。五発、六発、七発と続くと、鏡餅のように白い尻丘が、赤く染まってきた。それでも佐奈江は逃げなかった。むしろ尻を突きだして、叩かれるときにもらす声にも淫らな情感がこもっていく。

「すごい濡れ方じゃないか？」

尻の桃割れに手指を忍びこませた夫が、吐き捨てるように言う。ひとしきりいじりまわしてから、パンティとストッキングを脚から抜いた。スカートも脱がしてしまうと、自分も下半身裸になり、隆々と反り返ったペニスを露わにした。

「こっちを向くんだ」

佐奈江の二の腕をつかみ、下半身裸同士で向かいあった。佐奈江はうつむき、眼を泳がせている。口喧嘩のときの勢いは、もうすっかり影をひそめていた。もじもじさせている裸の下半身から漂ってくるのは、熟れた女の濃厚な色香だけだ。

（さっ、佐奈江さんっ……）

秋彦は嫉妬を覚えずにはいられなかった。あれほど怒り狂っていた佐奈江を、彼女の夫はあっという間に従順にさせた。まるで魔法でも見ているようだ。

夫が佐奈江の左脚を抱えあげ、向きあった状態での立位で挿入を開始した。

秋彦はまばたきも呼吸もできないまま、隣の夫婦の営みを眺めている。容赦ないスパンキングにも驚かされたが、ずいぶんとアクロバティックな体位で結合するものである。てっきり立ちバックで盛《さか》りはじめると思っていたのに……。

だが、夫の目論見は、ただの立位ではなかった。身長差があるので入れづらそうにしていたが、入れるや否や、佐奈江の右脚をも抱えあげた。

（えっ、駅弁じゃないか……）

ＡＶではお馴染みの体位だが、実生活でそんなことをしている人間なんていないと思っていた。駅弁スタイルは、女の全体重を男の両腕で支えなければならない。腕力もいれば、体力もいる。ＡＶ男優はギャラが出るから頑張れる。

「ああっ、いやっ……いやいやいやっ……」

佐奈江は真っ赤な顔で首を振っているが、感じているのはあきらかだった。彼女の体は夫の両腕で支えられているが、開いた両脚の間をペニスで貫かれているのだ。騎乗位よりもさらに深く、ペニスを咥えこめるのかもしれない。

「はっ、はぁあああああーっ！」

夫が腰を使いはじめると、佐奈江は喉を突きだしてのけぞった。夫は自分の首根っ子にしがみついている妻の体を揺さぶり、ずんずんっ、ずんずんっ、と突きあげた。まるで野獣のようだった。

「あぁっ、いやっ……あああぁっ、いやあああぁーっ！」

佐奈江はみるみる我を失っていった。駅弁スタイルで肉穴の奥の奥までえぐられて、あえぎにあえぎ、乱れに乱れた。

「俺はおまえを愛しているんだよっ！」

夫が鬼の形相で佐奈江を睨みつける。やはりすさまじく体力を使う体位のようで、早くも顔中に滝のような汗を流している。

「おまえがいないとダメなんだっ！　おまえが必要なんだっ！」

「わっ、わたしだって……」

佐奈江は負けじと睨み返したが、肉の悦びに翻弄《ほんろう》されている。険しい表情をつくりたくとも、夫のようにはできない。

「わたしだって……愛しているのはあなただけっ！」

「じゃあなんで浮気なんてする？」

睨みあいの果てに、佐奈江の眼尻がさがった。どうやら勝負はついたようだった。

「答えろよ、俺のことを愛しているのに、どうして浮気をした？」

「……もうしません」

「本当だな？」

「やっ、約束しますっ……約束しますからっ……」

「なんだ？」

「もっとこんなふうにっ……可愛がってっ……」

「わかってる」

「お尻もっ……ぶってっ……くださいっ……」

「俺も反省してるから、もう言うな……」

いつの間にか、ふたりとも涙を流していた。夫は泣きながら腰を振りたて、佐奈江は泣きながらよがっている。やがて、駅弁スタイルから立ちバックに体位が変更された。佐奈江は尻を叩かれながら突きまくられ、イキそうになっている。

（夫婦喧嘩は犬も食わない、か……）

秋彦は物音をたてないように注意して、カーテンと窓を閉めた。ふーっ、と深い溜息がもれる。

佐奈江がイクところを見たくなかった。

愛しているとはとても言えない関係だったが、秋彦の女遍歴の中で、彼女はかなり重要なポジションを占めていた。佐奈江と出会って女の趣味がガラリと変わったし、蕩けるような時間をふたりでたっぷりと分かちあった。

そういう女が他の男に抱かれてオルガスムスに達する場面なんて、誰だって見たくないだろう。

今夜のセックスで隣家の夫婦関係は改善されるはずだ。ということは、秋彦が佐奈江を抱く機会は、二度と訪れないということになる。わかっていたことだが、唐突な別れに心が冷えた。ひとりだったら、泣いていたかもしれない。

3

照明を消してしまったので、寝室の中は暗かった。

とはいえ、すぐに明るくする気にもなれない。リビングからもれてくる光があるので、眼が慣れてくると伊智子がいる位置がわかった。スウェットのフードを被っているせいもあり、表情までは見えなかったが……。

「おまえだろ？」

できるだけ低い声で訊ねた。

「佐奈江さんの浮気を密告したの、高瀬しか考えられないよな？」

伊智子は黙っている。一分以上黙秘を続けたので、秋彦は頭にきて照明をつけた。どんな顔をしてシラを切っているのか、拝んでやりたくなったからだ。

伊智子は無表情だった。気まずげでもなければ、開き直っているわけでもなく、けれども犯人であることを否定する素振りもない。

「愛情表現ですよ」

声まで抑揚がなくロボットのようだった。

「はあ？　なに言ってんだ？」

「男子が女子のパンツを盗んだとき、そういう言い訳をするじゃないですか？　男は愛情表現で好きな女のパンツを盗む。女は愛情表現でどんな手を使ってでも男を独占しようとする。おあいこですね」

「どこがおあいこなんだよ。佐奈江さんが殴られたり、家庭が壊れたりしてたら、どう責任とるつもりだったんだ？」

「問題はそこじゃないでしょ。わたしいま、先輩に告白したんですよ。愛情表現で密告した、イコールあなたのことが好き。そこをスルーされると、さすがにつらいんですけど」

「俺のことが好き？」

秋彦は苦笑するしかなかった。

「口から出まかせを言うなよ。高校時代にセックスに誘ってきたのは、処女を捨てたかったから。偶然再会してエッチしちゃったのは、欲求不満のうえ離婚目前で淋しかったからだろう？」

「わたしって、そんなにひどい女に見えますか？」

伊智子が身を寄せてくる。急にしおらしい顔になって、秋彦のシャツをつかむ。

「あんなところ見られたの、先輩だけですから……」

「どんなところだよ？」

もちろん、わかっていて訊いていた。

「言わせないでください。あんな恥ずかしいところ見られたら、わたしもう、お嫁に行けない」

「一回行ってるだろ」

「先輩、責任とって」

「やだね」

秋彦は鼻で笑った。

「高校時代、俺はおまえが好きだったよ。それは本当だし、誰に訊いても納得すると思う。でも、おまえが俺を好きなわけがない。演劇部の連中に訊いたら爆笑されるよ。容姿の釣りあいがとれてないもんな」

「わかってないですね、先輩。美人は男を顔で選ばないんですよ。綺麗な顔が見たかったら、鏡を見ればいいんですから」

「ナメてるな、おまえは、ホントに……」

「じゃあ、もう正直に言います！」

伊智子は顔の前で拝むように手を合わせた。

「この前のことが忘れられないんです。死ぬほど恥ずかしかったですけど、死ぬほど気持ちよくて……」

「生まれて初めてイッたんだから、まあ、そうだろうな」

「またイキたい」

「知るかよ」

秋彦はそっぽを向きかけたが、ハッと閃いた。

「よーし、それじゃあ素直になったご褒美に、素敵な恋人を紹介してやる」

押し入れの襖を開け、段ボール箱の中から電マを取りだした。「ほらよ」と伊智子に渡してやる。

「おまえの恋人なんて電マで充分。それ使って好きなだけイケよ。おまえはただ、欲求不満なだけだ。自分の問題は自分で解決しろ。俺を巻きこむな」

「……ひどくないですか？」

伊智子はじっとりした眼つきで、電マと秋彦を交互に見た。

「そっちが正直に言ったから、こっちも正直に言うけど、俺はさあ……性悪な女はもう懲りごりなんだ。ご近所付き合いをするのはいい。つくりすぎた料理をお裾分けしてくれるのは嬉しいよ。でも、もう二度と性悪な女には嵌《は》まりたくない……」

「わたしって性悪ですか？」

「辞書で『性悪』って引いたら、おまえの顔が出てくんじゃねえの」

秋彦は乾いた笑いをもらし、

「そういうわけだから、電マと仲よくやってくれ。佐奈江さん夫婦のセックス見て、むらむらしてるんだろう？　俺はあっちの部屋で酒を飲んでる。ひとりにしてやるから、電マですっきりしたら一緒に飲もう」

伊智子を残して寝室を出ると、冷蔵庫から発泡酒の缶を取りだした。すっかり冷めてしまったニラ玉炒めを電子レンジに入れ、肉じゃがの入った小鍋を火にかける。料理が温まるのを待ちきれず、立ったままプルタブを開けて飲んだ。喉がカラカラに渇いていたので、二十九円の激安発泡酒でも、眼がくらむほど旨かった。

4

（ちょっと可哀相だったかな……）

秋彦はあぐらをかいて発泡酒をチビチビ飲みながら、寝室が気になってしかたなかった。温め直した料理を前にしても、食欲がまるでわいてこない。

あんなやりとりをしたあとで、果たして伊智子は本当にオナニーなんてするだろうか？「いやー、すっきりしましたー」と笑顔でこちらの部屋にやってきて、発泡酒をごくごく飲みだしたら、それはそれで怖いものがありそうだが、異性としては意識しなくてすみそうだ。初恋の女ではなく、単なる隣人として、適度に距離があるいい関係が築けそうな気がしないでもない。

だが、ああ見えて伊智子は繊細なところがある。繊細というか、情緒があまり安定していない。ましてや、離婚調停中だったり、十二年ぶりに再会した先輩とセックスしたり、マグロであることに悩んで3Pをしたり、そうかと思えば電マを使って初めてイッたり……最近の彼女の生活はジェットコースターに乗っているようなものだったのである。

泣いているのではないだろうか？

いや、それくらいならまだいいが、寝室には彼女を縛った真っ赤なロープがある。ぶら下がり健康器を使って首でも吊られたらと思うと背筋が冷たくなり、不安でたまらなくなってきた。

耳をすましても気配が感じられないので、四つん這いで襖まで行き、少しだけ開けて寝室をのぞきこんだ。

伊智子は万年床の上で転がっていた。横向きでこちらに背中を向け、胎児のように体を丸めている。顔が見えないので、泣いているかどうかわからないけれど、小さな肩が震えていた。寝ているわけではないらしい。嗚咽をもらしているように見えなくもないが……。

（まいったな……）

どうしたものかとためらいつつも、秋彦は物音をたてないように襖を開け、四つん這いで寝室に入っていった。泣いていたら、謝ろうと思った。「おまえの恋人なんて電マで充分」は、さすがに言いすぎた。布団の側まで行き、そっと顔をのぞきこむ。

「なっ、なんですかっ！」

気配を察した伊智子が、ハッと顔を向けた。泣いていなかった。それどころか、両脚の間に電マを挟んでいる。グレイのスウェット上下のまま……。

「ひっ、ひどいじゃないですかっ！」

電マを放りだし、体を起こした。電マのヘッドは震動していた。本当にオナニーをしていたらしい。

「最初からそのつもりだったんでしょっ！　ひとりにしてやるなんて言っておきながら、こっそりのぞいてわたしを馬鹿にしようとしてたんですね？　あんまりじゃないですか？」

誤解だ！　と秋彦は胸底で叫んだ。泣いていたら気の毒だと思い、なんなら衝動的な首吊りまで想像して、心の底から心配していたのである。だが、言い訳をしようにもパニック状態でなにも考えられず、口から勝手に言葉が飛びだしていった。

「愛情表現じゃないかっ！」

自分で自分に絶望した。

「高校時代に好きだった女が隣の部屋でオナニーしてたら、のんびり発泡酒なんて飲んでらんないのが男なんだよ。文句あるか？」

「あるに決まってるでしょ。見たいんだったら、最初からここにいればよかったじゃないですか。騙し討ちみたいなことされて、わたしはとっても傷つきました。と同時に、下着泥棒みたいな卑劣なことをしたのは先輩だって確信しました」

「濡れ衣《ぎぬ》だよ。それに、最初から俺が見てたら、そっちだってやりづらいだろ」

「騙し討ちよりはマシです」

「そんなに怒るなって」

「怒らせたのは先輩ですからね。怒りを鎮《しず》めるのも先輩の責任」

「……どうすれば鎮まるの？」

秋彦が上目遣いで訊ねると、

「そうですねえ……」

伊智子は人差し指を顎に置き、大きな黒眼をくるりとまわした。

「わたしもオナニーを見られたわけですから、先輩もオナニーを見せてくれるのが妥当なところでしょうか」

「いやいやいや……」

秋彦は顔から血の気が引いていくのを感じた。伊智子の言いたいことはよくわかる。実際問題、そのあたりが双方納得する落としどころなのかもしれないが、オナニーするためにはペニスを出さなければならない。女ならスウェットの上から電マをあてただけで気持ちがいいだろうが、男は直接握ってしごかなければならないのである。

「ほっ、他に選択肢はないかなあ……」

「じゃあ抱いて」

却下するしかなかった。性悪の女に懲りているのは嘘偽りのない本音であり、嵌まってしまってボロボロにされるのが怖いのだ。伊智子がマグロであれば、おそらく嵌まることはないだろう。しかし、佐奈江に焦らし抜かれ、欲情しきって半狂乱になっていた伊智子は、衝撃的にいやらしかった。あんな乱れ方をされた日には、後先考えず嵌まってしまうに決まっている。

「オッ、オナニー見せればいいんだな……」

もはや自棄《やけ》くそだと、秋彦は立ちあがってベルトをはずした。

「女のオナニーはエロティックだけど、男のオナニーなんてむさ苦しいだけで面白くもなんともないぜ」

「それは先輩が男だからでしょ」

「そうかもしれないが……」

ズボンを脱ぎ、ブリーフもめくりおろす。ペニスはちんまりしたままだった。ブリーフを脚から抜き、伊智子の視線を意識してもピクリともしない。彼女を抱くつもりが一ミリもないからだろう。

「失礼ですね」

伊智子は河豚のように頬をふくらませた。

「わたしがオナニーしているところをのぞいてたくせに、そんな感じなんですか？」

「いや、だって……」

オナニーしていると言っても、両脚の間に電マを挟み、体を丸めているところを見ただけなのである。しかもスウェットを上下とも着用。興奮するようなファクターが、どこにも見当たらない。

「舐めてあげましょうか？」

伊智子がそっぽを向きながら言った。

「わたしいままで、フェラってしたことないんですよ。求められても断固拒否。あれってなんか、女を奴隷扱いしてません？」

いかにもプライドの高い女の見解だった。

「でもこの前、お隣の奥さんがすっごくおいしそうに先輩のオチンチンしゃぶってるの見たら……ちょっとだけ興味が出て……」

秋彦は、股間のものがむくむくと隆起していくのを感じた。伊智子にフェラチオされるところを、リアルに想像してしまったからだった。

「なんで急に大きくなったんですか？」

伊智子が眼を丸くする。

「なっ、なんでかねえ……」

「でも、大きいほうが舐めやすいかも」

「いや、それには及ばない」

秋彦は身を寄せてこようとする伊智子を制した。

「この状態なら、もうオナニーできるからさ。そこで見ていればいいよ」

苦渋の決断だった。身をよじりたくなるほど、舐めてほしくてしかたがなかったが、そんなことをされてしまえば、自分も舐めたくなりそうだ。フェラからのクンニ——セックスが始まってしまう。

秋彦は畳の上に仁王立ちになり、自分でも呆れるほど隆々とそそり勃ったペニスを握りしめた。しごきはじめると、顔が燃えるように熱くなっていった。

これはなかなかの羞恥プレイだった。布団の上であぐらをかき、こちらを見ている伊智子は、ニヤニヤ笑っている。それが恥ずかしさに拍車をかける。

彼女は基本的に、あまり笑わない女だった。ツンと澄ましていたほうが綺麗に見える顔立ちであることを自覚しているからだ。にもかかわらず、笑いながら人のオナニーを見ている。馬鹿にしているとしか言い様がない。

「へえー、男の人ってそうやってオナニーするんですかあ。勉強になるなあ」

「なんの勉強だよ？」

「これからの性生活」

「電マが恋人の女がなに言ってるんだ」

腹が立つあまり、悪態が口をついてしまう。伊智子はぶんむくれた。ニヤニヤ笑わなくなったのはいいとして、今度は刺々《とげとげ》しい視線に羞恥心を刺激される。

「わたしって、電マが恋人なんですか？」

「冗談だよ」

「自分でもそんな気がしますから、べつにいいです。だって、いままでいちばんわたしを感じさせてくれたのは、彼だもん」

電マを抱きしめ、丸くなっているヘッドを撫でまわしながら言う。

「あのさあ、しゃべってると集中できないから、少し黙っててもらえる？」

「いいですよ。黙って恋人とラブラブします」

伊智子は電マのスイッチを入れると、こちらに向けて両脚を開き、その中心に震動するヘッドをあてがった。

「ああんっ……気持ちいいっ……」

瞼を半分落として身をよじる。

「先輩の愛撫も悪くなかったですけど……ってゆーか、けっこう上手いと思いましたけど……電マくんの刺激はレベルが違う感じ……ああっ、すごい響く……スウェット穿いてるのに、奥までビンビンきちゃうううーっ！」

白い喉を突きだし、あんあんとあえぐ。最初に抱いたときとは、声音の質がまるで違った。甲高いし、甘ったるいし、なにより感じていることが生々しく伝わってくる。

やはり先週の３Ｐで、彼女はひと皮剝けたのだ。

抱きたかった。

伊智子ほどのいい女が抱いてもいいと言っているのに、仁王立ちオナニーをしている自分は、この世でいちばん愚かで間抜けな馬鹿野郎に違いない。

「ねえ、先輩っ……すごく気持ちいいっ……」

大きな眼をうるうるに潤ませて見つめてくる。

「わたし、またイッちゃうかもっ……」

「お礼なら電マくんに言うんだな」

「先輩に見られてるから興奮してるんですよ……大好きな人に見られてるから……」

「集中できないから黙ってろって言ったろ」

「黙れない。わたしいま、正気じゃないから……ものすごく感じまくってるから、恥ずかしいことでもなんでも言える……わたし、高校のときから、本当に先輩のこと大好きだったんだよ……顎で使ってたって言うけど、大好きだからわがままばっかり言ってたんだよ……」

「おまえの愛情表現はとことん歪んでるな」

「よかった、愛情表現って認めてくれるんですね」

「もはや会話も成り立たないな」

「だって……だって伊智子、もうイキそうっ……イッ、イッちゃうよ、先輩っ……イッてもいい？」

「我慢しろよ」

「いっ、意地悪言わないでっ……イクとこ先輩に見てほしいのっ……とっても恥ずかしいけど、とっても興奮するのっ……ああっ、ダメッ……もうイッちゃうっ……がっ、我慢できないいいいーっ！」

　押し寄せるオルガスムスの大波に身構えながら、けれども伊智子は健気に眼を見開いて秋彦を見つめている。

「ああああーっ！　はぁあああーっ！　イッ、イクウウウッ……」

ビクンッ、ビクンッ、と腰を跳ねさせ、淫らに歪んだ声を撒き散らした。グレイのスウェット上下という色気のない格好をしているのに、この世のものとは思えないほどいやらしかった。きゅうっと眉根を寄せ、眼の下を赤く染めた顔が、いやらしすぎるからだった。元が端整な美貌だから、歪めば歪むほど卑猥な感じになる。それでも、涙に潤んだ眼を見開いているところに、愛を感じずにはいられない。

（こいつ……本当に俺のこと、好きなのかな？）

秋彦はもう、イチモツをしごいていなかった。絶頂に達した伊智子を、見守らずにはいられなかった。しかし、ただ見守っているだけなのも、もはや不可能だった。抱きしめたいという衝動を、これ以上こらえることができそうにない。

しかし、そうしようとした瞬間、

「ああっ、いやあああっ……いやああああああーっ！」

伊智子の声音が変わった。淫らなよがり声から、焦った悲鳴へと……。

グレイのスウェットパンツの色が、にわかに黒くなった。電マのヘッドがあてがわれている股間を中心に、じわっと黒いシミがひろがっていく。

秋彦はなにも言えなかった。フォローしてやりたくても、呆気にとられてフォローの言葉が出てこない。

伊智子はイキきってなお、いまにも泣きだしそうな顔をしてこちらを見ている。

「また……出ちゃった」

次の瞬間、秋彦は伊智子を抱きしめていた。びしょびしょの下半身などかまっていられず、唇を奪った。

5

小鳥と小鳥がくちばしでついばみあうようなキスをした。三十にもなってそんな子供じみた口づけをしているのは恥ずかしかったが、伊智子は気に入ってくれたようだ。チュッ、チュッ、と音をたててキスしてくる。

「わたしのこと、お漏らし女だって心の中で笑ってます？」

「笑ってねえよ」

「いいですよ、笑っても。本当のことだし」

「だから笑ってねえって」

ショートマッシュの黒髪を撫でてやると、伊智子は甘えたような顔になった。こんな可愛い顔もできるのかと、秋彦は少し驚いた。

「スウェット、脱いできますね。なんか穿くもの貸してください」

伊智子は立ちあがろうとしたが、

「いいよ」

秋彦は抱きしめたまま離さなかった。

「そのままでいいから……」

「でも、濡れてて気持ち悪いし……お布団も濡れちゃいそう……」

「じゃあここで脱げよ」

秋彦が脱がしにかかると、伊智子は驚いたように眼を見開いた。

「なっ、なんでここで脱ぐんですか？」

「言わせるなよ」

グレイのスウェットとパンティを一緒に脚から抜いた。ゆばりでびしょびしょになっているパンティは、淡い若草色だった。伊智子によく似合いそうな色合いだったが、いまはどうでもいい。

「ちょっ……まっ……先輩、なにするんですっ……」

両脚をM字に割りひろげていくと、伊智子は完全に慌てた。その様子が、なんともエロティックだった。下半身が丸裸なのに、白いくるぶし丈のソックスだけを穿いているのも、扇情的なアクセントだ。

「やっ、やめてくださいっ……きっ、汚いっ……」

いやいやと身をよじる伊智子の両脚を押さえつけながら、秋彦はクンニリングスを開始した。パイパンの割れ目に唇を押しつけると、ほのかにアンモニア臭がした。それでも不思議なくらい、汚いとは思わなかった。しかも、そこを濡らしているのは、ゆばりばかりではないようだった。

アンモニア臭よりずっと強く、発情の匂いがした。電マでオナニーしていたのだから、当たり前と言えば当たり前だが、伊智子は蜜を漏らしていた。花びらの合わせ目に舌を這わせ、それが蝶々のような形にひろがっていくと、奥からさらにあふれてきた。薄桃色の粘膜が、ゼリーのような半透明に見えるほどに濡らしている。

「せっ、先輩っ！」

伊智子が肩を叩いてくる。泣き笑いのような顔をしている。

「もっ、もしかして抱いてくれるんですか？」

「黙ってろ」

秋彦は夢中で舌を躍らせた。薄桃色の粘膜を舐めまわし、ヌプヌプと舌先を浅瀬に入れては、舌の裏側でクリトリスを刺激してやる。敏感な肉芽はまだ包皮を被っていたが、すぐに自力でそれを剝いて淫らなまでに尖りきった。唇を押しつけて吸ってやると、伊智子は長い手脚をジタバタさせた。

「いっ、いやっ……気持ちいいっ……気持ちいいっ……」

電マより気持ちいいか？　と訊ねてみたかったが、やめておいた。マッサージ器に嫉妬するのは、男としてのプライドが許さない。

　震動はできなくても、こちらには指もある。ねちねちとクリトリスを舐め転がしながら、水たまりのように潤みきった肉穴に、中指を入れてやる。

「はっ、はぁああああーっ！」

　細身の体がエビ反りに反り返った。

「ダッ、ダメです、先輩っ……それはダメッ……感じすぎちゃうっ！　おっ、おかしくなっちゃいますっ！」

　いい反応だった。このままイカせてやることもできそうだったが、秋彦は愛撫を中断した。どうせなら、指ではないものでイカせたかった。上半身に残っていた服を脱ぎ、全裸になって伊智子の両脚の間に腰をすべりこませていく。

　伊智子もまた、上半身にグレイのスウェットを着たままだった。バンザイをさせて頭から抜いてやると、淡い若草色のブラジャーが姿を現した。丸々と実ったふたつの胸のふくらみを、清らかな色で包んでいる。

　艶やかにして華やかな眺めだったので、ブラを取るのは後まわしにした。勃起しきったペニスをつかみ、切っ先を濡れた花園にあてがった。伊智子の顔がこわばる。生々しいピンク色に上気した顔に、期待と不安が交錯する。

「欲しいか？」

亀頭で割れ目をなぞりながら訊ねた。

「ほっ、欲しい……」

伊智子が潤みに潤んだ瞳で見つめてくる。

「でっ、でも、がっかりしないでくださいね……わたしまだ、電マでしかイッたことがないし……マグロのままかも……あううっ！」

それ以上言わせないように、秋彦は腰を前に送りだした。ずぶりっ、と亀頭を沈めこむと、感動せずにはいられなかった。前回抱いたときとは、結合感がまるで違う。濡れ具合もそうだし、内側に密集しているヌメヌメした肉ひだが、いっせいにペニスに吸いついてきた。

「むっ……むむむっ……」

唸りながら根元まで埋めこむと、伊智子が「ああっ……」と声をもらした。色っぽい声だった。眉根を寄せてこちらを見つめる表情もいやらしすぎる。

普段なら、ここで上体を覆い被せるところだった。秋彦が正常位に求めているのは、なによりも女との一体感――お互いの体を密着させられるところまで密着させて、腰を振りあうのがいちばん気持ちいい。

だがしかし、このときばかりは、上体を起こしたまま腰を動かしはじめた。両手で伊智子の両膝をしっかりつかみ、まずはゆっくりとペニスを引き抜き、もう一度入っていく。

眼下の光景が、あまりにいやらしすぎたからだ。

ひと皮剝けた伊智子の表情ももちろんそうだが、長い美脚をM字に開いている姿に悩殺された。おまけに彼女はパイパン。剝きだしの割れ目に、自分のペニスがずっぽり埋まっている様子が、つぶさにうかがえる。抜いては差し、差しては抜きを繰り返すと、肉竿に発情の蜜が付着して、ヌラヌラした光沢を放ちはじめる。

さらに、宙に浮いた両足が白いソックスに包まれているのも、男心を揺さぶってくる。いやらしいのに可愛らしい。トドメに、双乳を覆った淡い若草色のブラジャーだ。こんなにもエロティックな光景は、ＡＶでも見たことがない。

「むううっ！　むううっ！」

興奮のままに、腰使いのピッチをあげていく。一打一打に力をこめ、渾身のストロークを細身のボディに打ちこんでいく。

「やっ、やだっ……」

ずちゅっ、ぐちゅっ、と肉ずれ音がたちはじめると、伊智子は両手で顔を覆った。人妻とは思えない羞じらいを見せても、感じているのはあきらかだった。ずんずんっ、ずんずんっ、と秋彦の送りこむリズムに合わせて身をよじっている。あふれる蜜はとめどもなく、あっという間に男の陰毛をぐっしょりに濡らしていく。

たまらなかった。

秋彦は満を持して上体を覆い被せると、まずは伊智子の背中に両手をまわして、ブラジャーのホックをはずした。カップをめくり、丸々と実った肉房を露わにする。まだ愛撫もしていないのに、あずき色の先端が尖りはじめていた。口に含んで舐めまわしてやると、

「あううっ……くぅううぅーっ！」

伊智子は身をよじりながらしがみついてきた。前回はそんなことをしなかったのに、長い両脚まで腰にからみつけてくる。

秋彦は左右の乳首を唾液まみれにすると、右手を伊智子の首の後ろにまわして華奢な肩を抱いた。これで準備は万端、本格的に腰が使える。

息のかかる距離で伊智子の顔を見つめながら、連打を放った。最奥に狙いを定めて突きあげれば、伊智子は喜悦に歪んだ声を撒き散らし、こちらにしがみつく両手に力をこめた。真ん丸い双乳が潰れるほどの強い抱擁だった。負けじと秋彦も抱擁に力をこめ、連打のピッチを限界まであげていく。

「ああっ、いいっ……すごいいいっ……」

いまにも泣きだしそうな顔で、伊智子が見つめてくる。

「こっ、これがセックスなんですね？　セックスってこんなに気持ちいいものだったんですね？」

秋彦は眼顔でうなずき、キスをした。お互いに口の外まで舌を出し、唾液が糸を引くほどのディープキス。伊智子は鼻奥で悶えながらも、いつまでもキスをやめようとしなかった。唾液まみれの舌先から、欲情ばかりが伝わってくる。いや、欲望の姿をした、せつない愛情が……。

熱狂の時が訪れた。そうとしか言い様がない淫ら色の世界で、秋彦は伊智子を抱いていた。そのうち、伊智子が下から腰を使いはじめた。左右に揺らめかせているだけの単純な動きだったが、彼女の覚悟が伝わってくるようで、秋彦は胸が熱くなった。格好をつけず、すべてをさらけだす覚悟だ。

単純な腰の動きでも、肉と肉との摩擦感はぐんとあがった。潤滑油たる蜜の感触がにわかに粘っこくなったようで、性器で繋がった一対の男女を、さらなる熱狂へと駆りたてていく。

「いっ、いやっ……」

不意に伊智子が怯えた表情を見せた。

「わっ、わたし、ダメかもっ……イッちゃいそうですっ……」

「イケばいい」

秋彦は腰使いのピッチを落とさずに言った。

「でっ、でもっ……また出ちゃうかもっ……」

「シーツの洗濯、手伝えよな」

「そういう問題じゃなくて……恥ずかしいんですっ！　お漏らしするのが……」

伊智子は本気で羞じらっているようだったが、秋彦はきっぱりと無視した。伊智子を初めての中イキに導ける、こんなチャンスを逃すわけにはいかない。

「ダッ、ダメですっ……ダメですってばっ……」

伊智子はしきりに言っているが、しがみついた手を離さない。むしろますます抱擁を強め、下から股間を押しつけてくる。秋彦も怒濤の連打でそれに応える。子宮をひしゃげさせる勢いで、ずんずんっ、ずんずんっ、突きあげる。

「あぁっ、ダメッ……もうダメッ……」

伊智子がショートマッシュの黒髪を振り乱した。眼尻を垂らし、半開きの唇をわななかせた。

「もっ、もうイキそうっ……我慢できませんっ！」

「一緒にイコう」

秋彦の言葉に、伊智子はハッと一瞬、真顔に戻った。すぐに見たこともないほど甘えた表情になり、瞳をうるうるに潤ませながら見つめてくる。

「ああっ、一緒にっ……一緒にっ……」

「イッ、イクぞっ……こっちもイクぞっ……」

「ああっ、出してっ……いっぱい出してえっ……」

「出すぞっ……出すぞっ……」

「もっ、もうダメですっ……伊智子、先にイキますっ……ああああっ、イクッ！　伊智子、イッちゃううううーっ！」

ぎゅっと眼をつぶり、ビクンッ、ビクンッ、と腰を跳ねさせた。細身の背中を弓なりに反らせながら、秋彦の背中にガリガリと爪を立てた。ミミズ腫れになりそうな勢いだったが、痛いとは思わなかった。むしろその刺激が心地よく、射精の引き金になった。我慢の限界が訪れ、膣外射精をするためにペニスを抜こうとしたが、しがみついた伊智子が離れない。

「おっ、おいっ……離せっ……」

「だっ、出してっ……このまま出してっ……妊娠してもいいから、中で出してえええええーっ！」

妊娠してもいいわけがなかったが、秋彦は強引にペニスを抜けなかった。お互いの性器がひとつになったような、たまらない一体感のせいだろうか？　あるいは伊智子の哀願が、あまりにも切羽つまっていたからか？　そこに愛を感じたのか……。

「おおっ、出るっ……出るぞっ……うおおおおおおーっ！」

雄叫びをあげ、最後の一打を打ちこんだ。煮えたぎるように熱い粘液を、ドクンッ、ドクンッ、と伊智子の中に注ぎこんだ。中出しの快感が衝撃的すぎて、なにもかもどうでもよくなった。射精するたびに痺れるような快感がビュンビュンと体の芯を走り抜けていき、力の限り伊智子にしがみつかずにはいられなかった。伊智子もしがみついた両手に力をこめる。ガリガリと背中を掻き毟る。

「ああああああっ……はぁああああっ……」

「おおおおおっ……おおおおおおっ……」

喜悦の声すらからみあわせて、身をよじりあった。射精は驚くほど長々と続いた。絞りだすように最後の一滴を漏らしおえても、勃起はおさまらなかった。まだまだ力がみなぎっていた。伊智子の体を離す気にもなれず、抜かずの二発というのはこういう感じで始まるのかな、と馬鹿なことを考えていた。会心の射精のあとだった。馬鹿にならずにはいられなかった。

正気に戻ったのは、にわかに下半身が生温かくなったからだった。伊智子を見た。アクメの余韻をありありと残した顔に、罪悪感が浮かんでくる。

「……やっぱり出ちゃいました」

こちらを見て、テヘッと笑う。彼女にしては珍しい照れ笑いだ。

「けっこう大量みたいだな。布団を干すのも手伝えよ」

秋彦はまぶしげに眼を細めて、伊智子を見た。布団やシーツなどダメになってもいっこうにかまわない——そう思いながら、キスをした。お漏らしをすると人は幼児返りしてしまうのか、伊智子はまるで赤ん坊がおしゃぶりをしゃぶるように、いつまでも嬉しそうに秋彦の舌をしゃぶっていた。

エピローグ

翌日の土曜日、秋彦は佐奈江の家に行かなかった。

正確には、行けなかった。朝方、父親がくも膜下出血で倒れたという連絡が入り、実家に駆けつけたのだ。幸いなことに命に別状はなく、後遺症の心配もなさそうだったが、土日は親戚縁者の対応でてんやわんやだった。

だから、隣家の異変に気づいたのは、月曜日になってからだった。

朝起きるといつものルーティンで、刑事よろしくちょっとだけカーテンを開けて隣家の様子をうかがった。朝食の給仕をする佐奈江の姿は拝めなかった。リビングのカーテンが閉めきってあったので、中の様子はわからなかったが、なんだか人の気配を感じなかった。

それから一週間、ずっとそういう状況が続き、週末になると引っ越し業者が隣家から家財を運びだしていった。どうやら引っ越しをしたらしい。空き家になった隣家のまわりには、「売物件」の幟《のぼり》が何本も立てられた。引っ越しただけではなく、家を売り払ってしまうらしい。

佐奈江からはなんの挨拶もなかったし、そもそも連絡先さえ交換していないので、どういうことなのかわからなかった。もしかしたら実家に帰っていた週末に、コンタクトをとろうとしてくれたのかもしれないが……。

それでいい、と秋彦は思った。夫婦関係が修復された以上、佐奈江は幸せな主婦に戻るべきだった。浮気の証拠になる可能性がある手紙すら残していかないところに、佐奈江らしい潔さを感じた。

秋彦の勝手な妄想だが、隣の夫婦は、毎週末の夫の出張に、佐奈江がついていけるようなライフスタイルにシフトチェンジすることにしたのではないだろうか？　そうであるなら、秋彦としても祝福の言葉しか思いつかない。あれだけ愛しあっている夫婦なのだから、なるべく一緒にいられるようにしたほうが絶対にいいだろう。日本全国津々浦々で、甲斐甲斐《かいがい》しく夫の世話を焼いている佐奈江の姿が眼に浮かぶ。それでこそ憧れのステキ主婦だ。

ピンポーン、と呼び鈴が鳴った。

時刻は午後九時過ぎ。こんな時間に呼び鈴を押す人間は、ひとりしかいない。

ドアを開けると、喪服じみた黒いワンピースを着た伊智子が立っていた。彼女も彼女で、このところ忙しかったらしく、顔を合わせるのは十日ぶりだった。妊娠覚悟の中出しをしてしまって以来である。

「お悔やみがあったのかい？　塩かけてやろうか？」

「いいえ……わたしの中で、愛がひとつ死んだだけですから……」

伊智子は妙に青ざめた顔で、訳のわからないことを口走った。

「あがってもいいですか？」

「ああ……」

「お邪魔します」

黒いパンプスを脱いで部屋にあがってきた。喪服は女を三割増しで美しく見せるというが、青ざめた顔をしているのに、いつもより綺麗に見えた。テーブル代わりの段ボール箱の前で、三角座りになる。抱えた両膝の上に顎をのせる。

「激安発泡酒でも飲むかい？」

「まだいいです……」

伊智子は首を横に振った。

「ものすごくお酒が飲みたい気分ですけど、先に話があるんです。いつも飲ませてもらってるんで、今日はわたしが外でご馳走してもいいです」

「どうせ千ベロだろ？」

「文句ありますか？」

「ないけど……」

秋彦は緊張していた。なんの話だろうと、にわかに鼓動が乱れはじめる。

「いい話と悪い話、ふたつあるんですけど、どっちから聞きます？」

「……じゃあ、いいほう」

伊智子は大きく息を吸いこみ、それをゆっくりと吐きだしてから言った。

「わたし、正式に離婚しました。今日の午後、役所に離婚届けを出しました」

「……そう」

「喜んでくれないんですか？」

「高瀬だって、すげえ暗い顔してるぜ」

「そりゃあ……いろいろありましたけど、いちおうは神様の前で永遠の愛を誓いあった相手なので……さすがにしみじみしてしまいます」

「悲劇のヒロインは美女にこそ似合うな」

冗談を言ったつもりだったが、伊智子は苦笑すらしなかった。

「悪いほうの話、していいですか？」

「どっ、どうぞ……」

「生理が来ました」

「……そう」

それは離婚が正式に決まったよりいい話ではないか、と秋彦は思った。セックスに夢中になるあまり、つい勢いで中出しをしてしまったけれど、我を忘れるほど興奮しきった状況でした決断が、正しいとは思えない。秋彦もそうだし、伊智子だってどうかしていたのだ。

「わたし、賭けてたんですよねぇ……」

伊智子は不意に端整な美貌をくしゃっとさせると、泣きそうな顔で続けた。

「隣の部屋の家賃、別れた夫に払ってもらってたんですよ。だから、正式に離婚ってなったら、出ていかなくちゃならなくて……そうなると、ろくに稼げないわたしは、実家に戻るしかなくて……実家にはすでに妹夫婦が同居しているから、けっこうみじめな立場になりそうで……出戻りの小姑《こじゅうと》？　もう最悪ですよ……」

指先で眼尻を拭った。涙なんか出ていない。嘘泣きだ。

「でも、妊娠さえしちゃえば、先輩の部屋に転がりこめるじゃないですか？　千載一遇のチャンスを逃しました。なにやってるんだろう？　わたしの子宮」

「おまえなあ……」

秋彦は呆れた顔で言った。

「生まれてくる新しい命を、いったいなんだと思ってるんだ？　この部屋に転がりこむための人質か？」

「愛の結晶だと……思ってますよぉ？」

上目遣いで見つめてくる。高校時代から思っていたが、彼女は本当に芝居が下手だ。そのぶん、素直なのかもしれないが……。

「妊娠なんかしなくても、一緒に住みたいならそう言えばいいだろ」

「言えません、そんなこと……女の口から……」

素直だという見立ては即時撤回することにする。

「寝室、見てみろよ」

「えっ？　なんで？」

「いいから……」

うながすと、伊智子は立ちあがって寝室の襖を開けた。巨大なダブルベッドが置いてあった。伊智子が驚いて、ベッドと秋彦を交互に見る。

「職場の先輩が、新しいベッド買ったから誰かいらないかって言ってたんだ。俺は物が多い生活をやめることにしてたから、必要ないって思ってたんだが……お漏らし女が布団を台無しにしちまったもんでね。もらっておいた。マットだけはさすがに新品を買ったから、けっこうな散財だ」

「ダッ、ダブルベッドっていうのがいやらしいですね。同棲でもするんですか？」

「おまえを誘おうと思ってた」

「えっ……」

「隣同士に住んでいるのは、家賃の無駄だと思ってさ。離婚が正式に決まったら言おうと思ってた」

性悪女と付き合うのは、もうやめたはずだった。今度こそ男を振りまわすタイプではなく、男を立ててくれる女を見つけるつもりでいたが、人間の趣味嗜好というものは、そう簡単には変わらないらしい。

「嘘でしょ？」

伊智子が猜疑心いっぱいの眼で見つめてくる。

「いったいどういう心境の変化？　わたしがあれだけ迫っても拒んでたのに」

「どうだろうねえ……」

「わたしみたいな女と一緒に住んで、本当にいいんですか？　浮気したら、フライパンで頭パッカーンですよ」

「まあ、いやなら無理にとは言わないが……」

伊智子は眼を泳がせた。というか、なにかを探して部屋のあちこちを見ている。

「なんだよ？」

「カメラどこですか？」

「はっ？」

「ドッキリでしょ?」

「馬鹿かよ。俺はタレントでもYouTuberでもない」

「じゃあ本当に? わたしの初恋、成就されるんでしょうか?」

「俺が初恋? 嘘つけ」

「何回も言ったじゃないですか。そりゃあ、子供のときに小学校の先生とかは好きになりましたよ。でも、リアルな初恋の相手は、先輩。わたしたぶん、高校時代に百人くらいから告白されましたけど、告白したのは一回だけ。玉砕しましたが」

「ハハッ、こっちこそ、高瀬が初恋の相手だよ。遅まきながら、ボタンの掛け違えを直さないか?」

秋彦が苦笑まじりに言うと、伊智子は大きな眼をうるっとさせ、胸に飛びこんできた。わんわんと声をあげて、盛大に涙を流した。今度は嘘泣きではないようだった。

「嬉しいっ……本当に嬉しいっ……ねえ、先輩、これからもバンバン中出ししていいですからねっ……わたし、子供はいらない派だったんですけど、中出しされたの、とっても気持ちよかったからっ……」

秋彦はコホンとひとつ咳払いをしてから、声音をあらためて言った。

「この際だからひとつだけ、ケジメとして言っておきたいことがある。高校時代の合宿で、おまえのパンツを盗んだ犯人は……俺だ」

「えっ……」

伊智子が顔をあげる。涙に濡れた顔が凍りついたように固まっている。

「まさか先輩、いままでバレてないと思ってたんですか？」

「認めたことは一回もない」

「認めてなくたってバレバレですよ。もう信じられない。どうしてこんなときに、そんなこと言うんですか？」

視線と視線がぶつかった。次の瞬間、お互いにぷっと吹きだし、眼を見合わせて笑った。おかしいやら嬉しいやらで、秋彦も涙を流しそうだった。泣きながら笑っている伊智子の顔は、いままで見たことがないくらい可愛かった。


（了）

＊本作品はフィクションです。作品内の人名、地名、団体名等は実在のものとは関係ありません。

長編小説

ご近所《きんじょ》ゆうわく妻《づま》

草凪《くさなぎ》 優《ゆう》

2022年9月5日　初版第一刷発行

ブックデザイン……………………　橋元浩明(sowhat.Inc.)

発行人……………………………………後藤明信

発行所………………………………株式会社竹書房

〒102-0075　東京都千代田区三番町8－1
三番町東急ビル6F
email：info@takeshobo.co.jp
http://www.takeshobo.co.jp

印刷・製本………………………中央精版印刷株式会社